Bella Italia

Van dezelfde auteur

All-inclusive
De vlucht
Zomertijd
Cruise
Après-ski
De suite
Zwarte piste

Suzanne Vermeer

Bella Italia

A.W. Bruna Uitgevers B.V., Utrecht

Omslagbeeld
© Yolande de Kort / Trevillion Images
Omslagontwerp
Wil Immink Design

ISBN 978 90 229 9987 5
NUR 332

Tweede druk, juni 2011

MIX
Papier van verantwoorde herkomst
FSC www.fsc.org
FSC® C013683

Dit boek is gedrukt op papier dat het keurmerk van de Forest Stewardship Council (FSC) mag dragen. Bij dit papier is het zeker dat de productie niet tot bosvernietiging heeft geleid. Een flink deel van de grondstof is afkomstig uit bossen en plantages die worden beheerd volgens de regels van FSC. Van het andere deel van de grondstof is vastgesteld dat hiervoor geen houtkap in de laatste resten waardevol bos heeft plaatsgevonden. Daarom mag dit papier het FSC Mixed Sources label dragen. Voor dit boek is het FSC-gecertificeerde Munkenprint gebruikt. Dit papier is 100% chloor- en zwavelvrij gebleekt en wordt geleverd door Arctic Paper Munkedals AB, Zweden.

1

Februari

Hans schepte de boerenkool op zijn bord en grijnsde naar zijn elfjarige zoon Niels. 'Buiten is het snertweer en wij zitten heerlijk binnen aan de boerenkool, wat kan een mens zich nog meer wensen?'
'Waarom eten we dan geen snert?'
Petra lachte. Niels kon Hans en haar de laatste tijd regelmatig verrassen met dit soort ad rem uitspraken. 'Ik kan wel wat beters bedenken. Wat dacht je van een frisse salade, met een koel glas witte wijn op een terrasje terwijl de zon langzamerhand in de zee zakt?'
Hans haalde zijn schouders op. 'Jouw tijd komt nog wel, zonaanbidster. Over een paar maanden is het weer zomer.'
'Gaan we een tent kopen?' vroeg Niels. In het midden van zijn bord had hij een kuil in de boerenkool gemaakt voor de jus.
'Hoe kom je daar nou bij?' vroeg Hans verbaasd.
'Zomaar,' antwoordde zijn zoon laconiek.
'Als je elf bent vraag je iets niet zomaar,' zei Hans beslist terwijl hij aan Niels' slimme reactie van daarnet dacht. 'Wil je soms een nachtje in een tent in de tuin slapen? Lijkt je dat spannend?'
'Nee. Een tent voor op de camping. Dat doen Jimmy en Bart ook.'
'Waarom hebben jullie het daar in de winter over?'
'We hadden vandaag een themales in de klas. Kamperen is echt cool,' reageerde Niels enthousiast. 'En op de camping maak je heel veel nieuwe vrienden.'
Hans knikte bedenkelijk. 'Tja, nieuwe vrienden maken is altijd leuk. Maar hebben ze ook verteld over de muggen in hun tent en het plassen en poepen op openbare toiletten?'

'Hans, alsjeblieft, zeg! We zitten te eten.'
'Sorry, je hebt gelijk. Het floepte eruit.'
'Net als de drollen op die openbare toiletten,' proestte Niels.
'Lolbroek.' Hans trok zijn gezicht weer in de plooi. 'Nu even serieus. Ik heb vroeger met mijn ouders een paar zomervakanties op de camping doorgebracht. Ik kan je verzekeren dat het niet kan tippen aan een mooie bungalow of goed hotel.'
Petra keek hem doordringend aan. 'Vind jij.'
'Dat vind ik, ja! En ik spreek uit ervaring. Ben jij eigenlijk weleens op een camping geweest?'
Voordat ze de kans kreeg om te reageren, zuchtte Niels theatraal: 'Dus we gaan deze vakantie weer naar een hotel?'
'Verwend kind,' zei Hans afkeurend. 'Als ik dat op jouw leeftijd tegen mijn ouders had gezegd, hadden ze me voor gek verklaard.'
Met opgetrokken wenkbrauwen keek Niels hem aan. 'Hadden ze toen nog geen hotels?'
Petra kon haar glimlach niet verbergen. De onbevangen vragen van Niels lieten goed zien hoe stug Hans in bepaalde opzichten kon zijn. Ze wilde geen discussie aan tafel, maar het eerst met hem bespreken. Ze veranderde van onderwerp en wees op het overgebleven stuk worst.
'Het is mij te machtig. Wie wil het laatste stuk?'
Een overbodige vraag. Ze sneed het stuk in tweeën.
'Papa en ik hebben het er vanavond nog wel over.'
'Oké.' Niels keek een beetje beteuterd naar zijn bord.
Hans knikte bevestigend en hield wijselijk zijn mond. Ruim dertien jaar huwelijk had hem geleerd dat het inschattingsvermogen van zijn vrouw in sommige situaties beter was dan dat van hem.

2

Hans zette de televisie uit. Nadat hij Niels welterusten had gewenst en Petra achter haar computer was gekropen, had het hem moeite gekost zijn concentratie bij de televisieprogramma's te houden. Hij stond op en liep naar de keuken. Toen hij voor de koelkast stond, draaide hij zich om.
'Ik neem een biertje, schat. Kan ik voor jou iets inschenken?'
Zonder haar gezicht van het scherm af te wenden, antwoordde ze: 'Nee, dank je. Ik heb nog staan.'
Met een flesje bier in zijn hand liep hij terug naar de woonkamer. 'Nog even over daarnet,' mompelde hij. 'Ik zat ernaast. Misschien is een camping niet eens zo'n slecht idee. Niet dat ik sta te springen om te gaan kamperen, maar Niels... Ach, je begrijpt wel wat ik bedoel.'
'Is goed. Ik zit toch op internet en kijk wel even of er iets leuks voorbijkomt.'
Hans ging weer in zijn stoel zitten en dacht na over een kampeervakantie. Hij vroeg zich af waar zijn aversie eigenlijk vandaan kwam. Want eerlijk was eerlijk, hij had aan de vele zomervakanties als kind op de camping uitstekende herinneringen overgehouden. Ondanks het feit dat het weer vaak tegenzat, was het nooit saai geweest.
Maar dat was toen en niet te vergelijken met nu. Als jongste uit een arbeidersgezin met drie kinderen, had hij in zijn jeugd weinig luxe gekend. Zijn vader werkte in de fabriek en zijn moeder zorgde voor het huishouden en de kinderen. Er had altijd voldoende

eten op tafel gestaan, maar zijn moeder moest elk dubbeltje omdraaien om de kinderen netjes te kunnen kleden. Van het salaris van zijn vader bleef elke maand weinig over, net genoeg voor twee weken per jaar op een camping op de Veluwe. Het was een grote luxe waar ze allemaal erg gelukkig van werden. Hij had zich wel altijd een beetje geschaamd voor zijn wat armoedige achtergrond. Hij wist donders goed dat dit nergens op sloeg. En toch was het zo. Helaas zat het bij hem dieper dan hem lief was.

Er was een periode geweest waarin hij er nog veel meer mee bezig was. In die tijd moest en zou hij zich aan het arbeidersmilieu ontworstelen. Hij wilde voor een carrière kiezen waartegen men opzag, waartegen hij zelf opzag, waarmee hij succes kon hebben, ook financieel. Arts, advocaat, accountant, rechter. Nooit zou hij zich nog druk over zoiets triviaals als geld hoeven te maken. Hij had gedacht dat het ook zijn ouders trots zou maken. Dat zij hem ondanks hun beperkte middelen zo opgevoed hadden dat hij zijn kansen kon nemen.

Maar in de praktijk was alles anders gelopen. Hij was geen studiebol, niet op het niveau dat hij ambieerde. Hij had het wel geprobeerd maar een rechtenstudie was niet voor hem weggelegd. Uiteindelijk viel het kwartje. Ja, hij kwam uit een arbeidersgezin, en ja, misschien was het niet wat hij had gehoopt, maar ook hij werkte liever met zijn handen. Hij wilde helemaal geen arts, advocaat, accountant of rechter worden. Het moest een beroep worden waarin hij zich goed voelde, dat iets bijdroeg en waarmee hij zichzelf op een fatsoenlijke manier kon bedruipen. De gulden middenweg. Hij koos waar hij wel geschikt voor was en werd fysiotherapeut. Een gerespecteerd beroep, waar je ook hard voor moest leren, maar dat zeer praktisch van aard was.

Petra onderbrak zijn gedachten. 'Misschien heb ik wat, ik zal het zo laten zien.'

Hans keek naar haar rug en zag op het bureau hun trouwfoto

staan. Deze Amersfoortse jongen was toch maar mooi met het mooiste meisje van Soest getrouwd! En hij kon haar onderhouden. Hoewel dit nu erg ouderwets klonk, was het voor hem destijds heel belangrijk geweest. Nadat hij zijn studie fysiotherapie had afgerond, had hij een baan in het naburige Baarn gevonden. Dat Petra financieel prima voor zichzelf kon zorgen, deed er op dat moment niet toe. En toen kwam het magische moment waarop hij zelf vader werd en Niels voor de eerste keer in zijn armen had gehouden. Ze waren vrij snel nog voor een tweede kind gegaan, maar na twee miskramen en zijn toetreding tot de maatschap van de praktijk hadden ze besloten er geen druk meer op te leggen en waren ze het erover eens geworden dat één kind ook prima was. Petra opende een modewinkel in Amersfoort en ze waren van hun driekamerflat in die stad naar een koopwoning in Baarn verhuisd. Alleen het beestje ontbrak nog aan hun mooie plaatje, maar Hans was ontzettend blij met hun huidige leven. Niels was wel over een hond begonnen, maar Hans vond hem nog wat jong om ervoor te zorgen en hij en Petra hadden ook de tijd niet om dat op zich te nemen. Na de zomervakantie zouden ze hier een oplossing voor vinden, maar voorlopig hielden ze Niels in het ongewisse; dan viel de teleurstelling mee als het ze niet zou lukken en zou de blijdschap des te groter zijn als ze het wel voor elkaar kregen. Eerst de vakantie regelen.
De afgelopen jaren hadden ze hun vakantie in mooie resorts doorgebracht. Pas nu vroeg hij zich af of Niels het ook wel zo geweldig had gevonden. Nu hij weer terugdacht aan zijn eigen vroegere vakanties, kon hij zich voorstellen dat Niels al die luxe niet nodig had om een fijne vakantie te hebben. Bovendien was het goed dat een kind zichzelf leerde te vermaken en er niet aan gewend raakte altijd vermaakt te worden. Gewoon de hele dag buiten spelen was eigenlijk het enige wat hij zelf als jongen zo fijn had gevonden. Een gevoel van vrijheid.

Natuurlijk had Niels het heus ook wel naar zijn zin gehad. Juist tijdens deze vakanties had Hans veel tijd met zijn zoon doorgebracht. De reactie van Niels tijdens het eten had waarschijnlijk niets met ontevredenheid over die vakanties te maken, maar het duurde niet lang meer voordat de puberteit zou komen en de invloed van leeftijdsgenoten zou steeds groter worden.

'Hans, kom eens.'

Hij stond op, liep naar het bureau en ging achter Petra staan. De felle, vrolijke kleuren lichtten van het beeldscherm op. Het was de homepage van een resort. Zo te zien ergens in Italië.

'La Regina di Garda,' las Petra voor. 'De Koningin van het Gardameer.' Ze klikte op een van de vakjes rechts boven in het beeld. 'Deze camping ligt pal aan het Gardameer, in de buurt van Verona en ruim honderd kilometer van Venetië. Daar wilden we altijd nog eens naartoe.'

Ze bekeken de plattegrond, faciliteiten en onderkomens. Naast de grote plekken waar je zelf je tent of caravan kon plaatsen, waren er ook al luxe huurtenten, stacaravans en bungalows. Toen Petra wat plaatjes van verschillende stacaravans liet zien, snoof Hans licht afkeurend.

'Dat lijkt me niet de bedoeling. Niels wil op een camping in een tent.'

'Misschien dat jij jezelf in de maling kunt nemen, schat. Maar mij niet. Het mogen dan luxe tenten zijn, een eigen douche of toilet is niet aan de orde. Zie jij jezelf al twee weken lang douchen en naar het toilet gaan in een gemeenschappelijke ruimte? Ik denk het niet, en datzelfde geldt overigens ook voor mij, hoor. Het lijkt me prima om het wat minder luxe te hebben, maar misschien moeten we niet te grote stappen nemen.'

'Verwend nest,' reageerde Hans quasi-verontwaardigd. 'Dus?'

'Een compromis,' antwoordde Petra gedecideerd. 'Als jij het ermee eens bent, boeken we op deze camping een stacaravan. Niels krijgt er voor een deel zijn zin mee. Op een camping en niet in een bungalow of een hotel. Ons voordeel is de caravan met eigen douche en toilet.'

Hans legde zijn hand op die van haar, stuurde met de muis de cursor naar het icoontje van de plattegrond en klikte erop.

'Ongelofelijk! Zo groot, het lijkt verdorie wel een stad.'

Petra knikte. 'Ik had echt nooit gedacht dat er zulke gigantische campings bestonden.'

'Zou Niels het wat vinden?'

'Zeker weten.'

3

Juli

'Kwart over drie,' sprak Hans vergenoegd. 'Dat noem ik nog eens op schema.'

Tweehonderd meter nadat ze op de snelweg de afslag naar Peschiera del Garda hadden genomen, zagen ze tussen de vrijstaande huizen en bomen flarden van het Gardameer.

'Onze camping moet vlak bij dit dorpje liggen.'

Toen ze een rotonde naderden, wees Niels naar een bord langs de kant van de weg waarop een aantal namen onder elkaar stonden.

'Daar!' riep hij enthousiast. 'Regina di Garda.'

Hans sloeg af en even later remde hij af voor de ingang van de camping en draaide de verharde oprit op. Een paar honderd meter verderop stopte hij naast een jongeman in een korte broek en een wit T-shirt waarop in zwarte letters STAFF REGINA DI GARDA stond. Petra had haar raampje nauwelijks geopend toen hij haar al op vriendelijke wijze in het Engels met een zware Italiaanse tongval uitlegde waar ze de auto moesten parkeren en konden inchecken.

Na een korte wandeling vanaf de parkeerplaats liepen ze het kantoor binnen dat groter was dan het aanzicht van buitenaf deed vermoeden. Er waren twaalf aaneengeschakelde balies. Tien vrouwen en twee mannen, die dezelfde kleding droegen als de jongeman buiten, hielpen vakantiegangers op weg naar hun onderkomen voor de komende weken. Er stonden minstens dertig mensen voor hen, schatte Hans. Om zich heen hoorde hij Engels, Duits, Italiaans en Nederlands.

'Komen de Rolling Stones soms naar Verona en houden ze hier

voorverkoop?' mompelde hij spottend. 'Hadden we onze slaapzakken maar meegenomen.'
Niels keek hem met zijn grote blauwe ogen niet-begrijpend aan.
'Ach, laat ook maar,' reageerde Hans. Hoewel de drukte en de omvang van deze camping hem een beetje benauwden, vond hij het ook een goed teken dat die zo populair was. De baliemedewerkers verstonden hun vak. Ze bleven vriendelijk en werkten snel. Binnen een halfuur stonden ze voor een jongedame van rond de twintig die volgens de badge op haar shirt Jennifer heette en naast Duits ook Italiaans en Engels sprak. Petra gaf haar de voucher en niet veel later waren ze ingecheckt.
'Uw mobile home ligt aan de Bardolino nummer 27. U kunt de auto op de plek zelf parkeren.' Met haar nagel tikte ze op een plattegrond die voor haar lag.
Ze gaf hem samen met de sleutel en drie blauwe polsbandjes aan Petra en wenste hen een prettige vakantie.
Toen ze weer in de auto zaten zei Hans: 'Zonder plattegrond zou je je hier helemaal gek zoeken.' Hij gaf de kaart aan Petra en wees de plek aan waar hun stacaravan stond. Ze reden de parkeerplaats af en het park binnen.
'Dit is de Corso Copenhagen,' zei Petra terwijl ze afwisselend naar de plattegrond en de omgeving keek. 'Op dit stuk staan alleen tenten.' Ze knikte. 'Rechtdoor blijven rijden tot de kruising met de Viale Bruxelles. Dan rechtsaf en de derde straat links is de Bardolino... Het lijkt inderdaad wel een stad, maar dan heel geordend. Het is alsof ze er een liniaal langs hebben gelegd, geen bocht of weggetje zonder naam te bekennen.'
Hans sloeg op de kruising rechts af. 'Als iemand ooit beweert dat Italianen chaoten zijn, sla ik hem persoonlijk met deze plattegrond om zijn oren.'
Petra grijnsde. Zijn enthousiasme beviel haar. Ondanks zijn goede bedoelingen vooraf, had ze toch haar twijfels gehad over zijn reac-

tie als ze eenmaal op deze camping waren aangekomen. Gelukkig bleken de foto's op internet een waarheidsgetrouwe weergave van de werkelijkheid. Dit park kon je niet vergelijken met de campings die zij en Hans in hun kinderjaren hadden bezocht. Ze hoopte dat ze niet te vroeg had gejuicht.

'Bardolino,' las Hans van een straatnaambordje. 'Hier is het, op naar nummer 27.' Stapvoets reed hij verder en stopte bij de derde caravan aan zijn linkerhand. Ze stapten uit en Petra opende de deur van hun vakantiewoning. Na een snelle inspectie van het zitgedeelte, het toilet en de douches, legde Hans zijn hand op de schouder van Niels en trok een tevreden gezicht.

'Dat ziet er keurig uit, nietwaar? Hier hebben we meer ruimte en luxe dan in een tent en het is knusser dan een bungalow of hotelkamer.'

Petra wist niet of hij het meende, maar zelf was ze aangenaam verrast.

Hans en Niels liepen naar de auto en pakten er twee koffers uit.

'Waar wil je dat we ze neerzetten, schat?'

Petra knikte naar de ingang van hun slaapvertrek.

'Leg ze maar op het bed neer. Dan kan ik ze zo op mijn gemak uitpakken.'

Niels keek haar met smekende ogen aan.

'Mag ik mijn zwembroek al pakken, mam? Ik heb 't zo warm en wil graag naar het zwembad.'

Ze streek met haar hand door zijn blonde haren. 'Dat moet je aan papa vragen, want hij moet met je mee en ik weet niet of hij daar nu al zin in heeft.'

Hans knikte gemoedelijk. 'Ik vind het prima, maar... moet ik je niet eerst even helpen met het uitpakken van die koffers?'

Petra schudde haar hoofd en ritste beide koffers open. Even later hield ze triomfantelijk twee zwembroeken omhoog.

'Aantrekken en wegwezen,' sprak ze quasi-streng.

'Yes!' Niels begon zich meteen om te kleden.

4

Ze zaten in de schaduw onder de luifel van de caravan. Het was even over negenen, het was onbewolkt en het beloofde een prachtige, warme dag te worden. Nadat ze de vorige avond in een restaurant hadden gegeten, waren ze net voor sluitingstijd de supermarkt binnengeglipt voor de eerste, noodzakelijke boodschappen. Moe van de reis waren ze om halfelf gaan slapen. Uitgerust en goedgehumeurd zaten ze nu aan hun eerste ontbijt op camping Regina di Garda.
'Als God in Italië,' zei Hans terwijl hij zijn blik over het pad liet glijden. 'Zijn wij zo vroeg op, of ontbijt de meerderheid binnen?'
Petra haalde haar schouders op. Haar aandacht was vooral gericht op Niels die een cracker met jam smeerde. Hij gebruikte er zoveel van, dat de jam over de cracker gutste en op de grond dreigde te vallen.
'Kijk eens uit, Niels. Ik wil geen mieren.'
Niels likte de overtollige jam van zijn cracker en nam een hap. Hans bleef om zich heen kijken. In hun 'straat' stonden in totaal twaalf caravans en op slechts twee terrasjes werd ontbeten. Op dat moment ging de deur open van een caravan die schuin tegenover hen stond. Een jongen van ongeveer dezelfde leeftijd als Niels stapte naar buiten. Hij had rood stekeltjeshaar en een spits gezicht. Hij was enkel gekleed in een zwembroek en droeg een kleine rugzak. Met een snel handgebaar opende hij het slot van de fiets die naast de caravan stond. Hij stapte op en reed hun kant op. Toen hij langs hun caravan reed, keek hij hen vanuit zijn

ooghoeken aan. Hij was nieuwsgierig, maar verlegen.
'Goedemorgen,' groette Petra.
'Hallo,' antwoordde de jongen vluchtig en hij reed verder.

Na het ontbijt gingen ze gezamenlijk naar het zwembad. Net voor ze daar aankwamen, liepen ze langs een fietsenrek waar tientallen fietsen stonden.
'Huurfietsen,' zei Petra.
'Dat wil ik ook,' zei Niels.
'We kijken straks wel.'
Ze liepen een stenen trap van vijf treden op en hadden goed uitzicht op een zwembad met de afmetingen van een instructiebad waarin voornamelijk volwassenen zwommen.
'Er zijn hier twee zwembaden!' zei Niels enthousiast. 'Dit is het bad om baantjes te trekken en je moet een badmuts op.' Niels wees schuin naar links. 'En daar is het grote bad. Daar kunnen we wel in spelen.'
Na een korte wandeling langs een buitenbar en automatische douches bereikten ze het bad dat in de vorm van een hart was aangelegd. Hoewel het minstens vier keer zo groot was als het andere bad, puilde het uit van de mensen.
Petra keek over het terras, waar de ligbedden stonden. Voor zover ze kon zien waren ze allemaal bezet.
'Ik ga terug naar dat andere bad, daar waren nog vrije ligbedden.'
'De laatste die erin ligt is een sukkel,' grijnsde Niels en hij sprong het water in.
Petra gaf de bal aan Hans. 'Nou, sukkel. Ik zie je straks.'
Hij gaf haar een dikke knipoog en sprong Niels achterna. Ze gooiden de bal over en even later zag Hans in de menigte het Nederlandse jochie dat eerder die ochtend op zijn fiets was langsgekomen.
'Hé, makker!' Met een brede boog gooide hij de bal naar het ventje dat hem keurig opving.

'Ik ben met mijn vriendjes aan het spelen,' riep de jongen nadat hij de bal naar Niels had geworpen.
'Dan doen die toch gewoon mee?!'
De jongen keerde zich naar zijn twee vrienden en even later kwamen ze dichterbij zodat ze de bal konden rondspelen. Ineens klonk er een harde zoem. Toen het geluid wegstierf, haastten veel gasten, onder wie de Nederlandse jongen en zijn twee vrienden, zich naar de zwembadrand en klommen het zwembad uit.
'Wat is er aan de hand?' wilde Hans weten.
'Zwemwedstrijden in het andere bad,' antwoordde de jongen en hij ging op zoek naar zijn rugzak. Omdat Niels er wat verloren bij stond, besloot Hans met hem de vertrekkende meute te volgen.
'Dit is Thijs,' zei Hans tegen Petra. 'En hij komt uit Leerdam.' Tijdens de wandeling naar het andere bad had hij een paar woorden met de jongen gewisseld. Op het eerste gezicht leek het hem een aardige knul. Thijs knikte beleefd naar Petra, die rechtop was gaan zitten.
'Hallo, Thijs, heb je het naar je zin?'
'Ik heb het hier altijd naar mijn zin,' antwoordde Thijs. Hij keek verlegen langs haar heen.
'Dus je bent hier al vaker geweest?'
'Al tig keer. Wij komen hier elke zomer.'
'En je vrienden?' wilde Hans weten. 'Zijn die hier ook al vaker geweest, of is het voor hen net als voor ons ook de eerste keer?'
Thijs knikte naar het blonde jochie met sproeten dat naast hem stond. 'Conor wel, hij is hier vaker geweest. Hoeveel keer weet ik niet, best wel veel. Hij komt uit Ierland.'
Conor keek op toen hij zijn naam hoorde. Hij begreep waarschijnlijk niets van het Nederlands en glimlachte dunnetjes.
'En Mats komt uit Duitsland. Hij was hier vorig jaar ook.'
De Duitse jongen had donkerblond haar en was een paar kilo te zwaar. Evenals Conor grijnsde hij schaapachtig voor zich uit.

Thijs haalde een badmuts en een zwembrilletje uit zijn rugzak. De anderen volgden direct zijn voorbeeld.
'Kom op, Niels,' zei Hans enthousiast. 'Pak je spullen en laat ze maar eens zien hoe hard je kunt zwemmen.'
Niels schudde z'n hoofd. 'Ik heb geen zin.'
'Ach, doe niet zo flauw, man.'
'Nee, ik wil eerst kijken.'
Voordat Hans nog verder aan kon dringen, greep Petra in.
'Laat hem toch. Hij wil eerst even kijken. Niet meteen dat competitieve gedoe, alsjeblieft.'
'Oké, laten we maar gaan kijken wie de rapste van het hele spul is.' Hans knikte in de richting van een jongen die kampte met serieus overgewicht. 'Ik zet mijn geld op hem.'
Niels moest lachen en Petra schudde haar hoofd.
'Dat is niet leuk, maar zielig. Wat zal dat kereltje het zwaar hebben in deze hitte.'
'Zwaar is ie zeker,' antwoordde Hans.
Later die ochtend zagen ze Thijs met gemak de wedstrijd in zijn leeftijdscategorie winnen. Conor en Mats eindigden samen met het veel te dikke kind in de achterhoede.

5

Hans zuchtte voldaan. 'Wat een fantastische lasagne. Zo goed heb ik hem in Nederland nog nooit gehad.'

'Ja, mijn cannelloni is ook heerlijk. Koken kunnen ze hier als geen ander, maar ik denk dat de omgeving ook veel doet,' antwoordde Petra.

Hans knikte instemmend. 'Klopt. Het is bijna idyllisch.'

Na het eten liepen ze naar de huurfietsen die ze naast een hek hadden gezet.

'Jouw pizza was toch ook lekker?'

'Ja, hoor.' Niels was geen liefhebber van de Italiaanse keuken. Op z'n tijd een pizza ging nog wel, maar daar hield het mee op.

Ze stapten op hun fietsen en reden langs het Gardameer terug naar de camping. Het liep inmiddels tegen halfnegen en na een middag waarin ze veel indrukken hadden opgedaan, was het tijd voor een douche en een avond waarop ze van al hun inspanningen konden bijkomen.

'Kijk,' riep Hans half over zijn schouder. 'Ze trekken de waterfietsen op de kant. Je kunt zo'n ding dus tot een uur of halfacht huren.'

'Wanneer gaan wij dat doen?' vroeg Niels. Ze fietsten achter elkaar. Het pad langs het meer was breed genoeg om naast elkaar te fietsen, maar het grote aantal voetgangers en andere fietsers verhinderde dit.

'Misschien overmorgen,' zei Petra. 'Alles op z'n tijd. Je wilt ook nog naar dat waterpark, wij willen Venetië zien en er staat ook nog een tripje naar Sirmione op het programma.'

‘Dat is toch dat beroemde schiereiland waar je niet met de auto kunt komen?’ vroeg Hans.
‘Ja, het is een landtong die vier kilometer het meer in steekt. Je kunt het langgerekte dorpje alleen bereiken over de ophaalbrug van het kasteel. Naast het kasteel ligt een prachtige kerk die de hele dag is geopend. Ik heb foto’s van Sirmione gezien en het lijkt mij een hele belevenis om daar te gaan kijken.’
‘Lang leve internet,’ grijnsde Hans.
Niels kreunde afkeurend. Een trip naar Venetië zag hij niet zitten, het leek hem oersaai. Ook kastelen en kerken waren volgens hem stoffige bezienswaardigheden voor oude mensen. Hij werd snel afgeleid toen hij het attractiepark zag dat schuin voor hem lag. Hij wees naar een van de torens die hoog boven het heuvelachtige landschap uitkwamen.
‘Kijk eens wat een hoge glijbaan!’
Terwijl Niels alles wat hij van deze afstand kon onderscheiden opsomde, genoot Hans van het enthousiasme van zijn zoon. Petra draaide zich lachend naar hem toe. De vakantie kon nu al niet meer stuk.
Iets over negenen kwamen ze in de buurt van de achteringang van de camping. Ze minderden vaart voor een groepje jongeren dat op het punt stond een restaurant binnen te gaan dat pal aan de oever van het Gardameer lag. In datzelfde restaurant, dat eigenlijk een uitgebouwde snackbar met een groot terras was, hadden zij vanmiddag geluncht.
‘Heeft er nog iemand zin in een frikadel speciaal?’ zei Hans lacherig. In tegenstelling tot vanmiddag hield Niels zijn mond. Bij de ingang van Regina di Garda stapten ze af. Tussen de hordes vakantiegangers die een stukje langs het Gardameer wilden gaan wandelen of daar juist van terugkeerden, liepen ze met de fiets aan hun hand de camping op. Ze passeerden een bewaker voor wie ze hun arm met het polsbandje omhooghielden.

'Eerst een douche,' zei Hans toen ze bij hun caravan waren.
'Ik ga eerst,' zei Niels en hij zette zijn fiets onder de luifel.
'Dacht het niet, heren.' Petra deed haar fiets op slot en opende de deur van de caravan.
'Dames gaan voor, jongen,' zei Hans. 'Wen daar maar vast aan.'
Hij nam net als zijn zoon op een van de klapstoeltjes plaats en legde zijn handen op het tafeltje dat hierdoor licht wankelde. 'Wat gaan we straks doen?'
'Kaarten.'
Voordat Hans de kans kreeg hierop te reageren, werd de aandacht van zijn zoon volledig in beslag genomen door twee jongens die op hun huurfiets langs kwamen rijden. Ze stopten voor de caravan van Thijs.
'Zijn dat niet...?'
'Conor en Mats,' vulde Niels aan. 'Ze komen Thijs halen.'
Hans knikte. Tijdens de pauzes van de zwemwedstrijden hadden de jongens onderling volop staan praten.
De deur van de caravan ging open en Thijs kwam naar buiten. Toen hij op zijn fiets stapte, kwamen zijn ouders het caravantrapje af. Ze zeiden iets tegen Thijs wat hij niet kon verstaan.
De drie jongens stopten voor hun caravan en zeiden gedag. Thijs keek Niels lachend aan. 'Ga je mee?'
Niels keek vragend naar zijn vader.
'Waar gaan jullie naartoe?' wilde Hans weten.
'Gewoon over de camping. Er is vanavond halve finale van het kindersongfestival. In de pauze doen we spelletjes in het hol.'
'Het hol?' vroeg Hans.
'Het hok waar alle spelletjes zijn,' verduidelijkte Thijs.
'Tof,' zei Niels. 'Mag ik ook, pap?'
'Misschien morgen. Ik wil dit eerst met je moeder bespreken.'
Niels slaakte een diepe zucht van teleurstelling en ergernis. Hij keek zijn nieuwe vrienden even vluchtig aan. Thijs schatte de situ-

atie goed in, zei gedag en fietste weg. Conor en Mats reden achter hem aan. Hoewel ze geen Nederlands verstonden, hadden ze de strekking van het gesprek wel begrepen.
Toen Petra even later naar buiten kwam, trof ze een mokkende Niels en een wat opgelaten Hans aan.
'Ga jij maar eerst douchen,' zei Hans.
'Ik heb geen zin meer,' antwoordde Niels en hij bleef nors voor zich uit kijken.
'Dan heb ik straks ook geen zin om met jou te kaarten.'
Niels koos eieren voor zijn geld, al ging dit niet van harte. Hij stond op en liep met een zuur gezicht de caravan binnen. Petra keek haar man vragend aan.
'Ik leg het je zo wel uit. Ben zo terug.'
Hij stond op en liep naar de caravan van Thijs. 'Hallo, ik ben Hans Kolwijn. Wij hebben vanochtend al met uw zoon Thijs kennisgemaakt.'
De vader van Thijs zat op een klapstoeltje. Hij had een normaal, enigszins gezet postuur en rood haar. Hij droeg een lichtblauw overhemd met korte mouwen en een trainingsbroek. Op het tafeltje naast hem stond een flesje bier. Hij schudde de uitgestoken hand van Hans.
'Berry Heuting, de vader van Thijs.' Hij knikte in de richting van de caravan waar een blonde vrouw in de deuropening verscheen. Ze droeg een mouwloos wit shirt en bijpassende shorts. 'Da's Marion, mijn vrouw.'
Hans schudde de vrouw ook de hand en kwam direct ter zake. 'Thijs was daarnet even bij ons. Hij vertelde dat hij samen met zijn vriendjes een beetje over de camping ging rijden en of mijn zoon Niels mee mocht.' Hij maakte een hulpeloos gebaar om zijn situatie te verduidelijken. 'Ik werd hierdoor nogal overvallen. Mijn vrouw stond onder de douche, die jongens hadden haast en Niels wilde graag mee. Ik moest snel een beslissing nemen en

die werd me niet bepaald in dank afgenomen door mijn zoon.'
Berry grijnsde. 'Daar kan ik me wel iets bij voorstellen. Zolang je die apen maar hun zin geeft is alles koek en ei, maar o wee als je een keertje nee zegt. Dan is het huis te klein.'
'Dat valt bij onze Thijs wel mee, hoor,' meldde Marion vanuit de caravan.
Berry grinnikte spottend. 'Tja, omdat hij altijd zijn zin krijgt.' Hij nam een slok van zijn bier.
'Wat kan ik voor je doen?'
'Ik kom hier eigenlijk om te vragen of jullie weten waar ze zijn en wat ze precies uitspoken.'
Berry haalde zijn schouders op. 'Ze slenteren een beetje over de camping. Precies hetzelfde als wat jij en ik deden toen we jong waren.'
'Vanavond gaan ze eerst naar het songfestival voor kinderen kijken,' vulde Marion aan. 'Daarna gaan ze naar het hol...'
'Dat is de ruimte waar alle spelletjes zijn,' reageerde Hans meteen.
'Dat had ik al van Thijs gehoord. En hoe laat komen ze weer thuis?'
'Rond een uur of elf,' antwoordde Berry. 'De ene dag begint het wat eerder en de dag daarop wat later. Daarin proberen we soepel te zijn. Wordt het te gek en vergeten ze de tijd, dan bel ik hem op zijn mobieltje.'
Hans wilde verder vragen, maar zag uit zijn ooghoek dat Niels weer buiten de caravan stond.
'Mensen, hartelijk bedankt voor de info, maar ik moet er weer vandoor.'
'Echt geen pilsje?' vroeg Berry.
Hans wuifde het weg. 'Misschien de volgende keer.'
'Kom anders met je vrouw langs als Niels met die jongens meegaat,' stelde Marion voor. 'Dan drinken we samen een glaasje.'
Hans groette hen en liep terug naar de caravan waar Niels inmiddels samen met Petra op het terras was gaan zitten.

Niels keek hem argwanend aan. 'Wat deed je daar?'
'Gewoon een praatje, kolonel,' antwoordde hij saluerend. 'Waar zijn de kaarten, jij wilde toch spelen?'
'Ik pak ze wel,' zei Petra.
'Goed, dan ga ik me snel douchen. Wat voor spelletje doen we eigenlijk?'
'Toepen,' besliste Niels.
'Mooi, daar ben ik goed in.' Hij wreef opzichtig in zijn handen. 'Ik maak jullie straks finaal in.'
'Dacht het niet,' antwoordde Niels.
Tot zijn genoegen zag Hans dat er weer een voorzichtige glimlach op het gezicht van zijn zoon verscheen.

6

'Komen we op tijd, pap?'
Hans slaakte een zucht. In het afgelopen uur had Niels dezelfde vraag al drie keer gesteld.
'Ja, Niels,' antwoordde hij licht geagiteerd. 'We komen op tijd en dit is echt de laatste keer dat we het hierover hebben. Als je het nog een keer vraagt, zet ik de auto langs de kant en ga ik twee uur liggen slapen.' Hij keek even kort in het achteruitkijkspiegeltje naar zijn zoon.
'Maak je niet zo druk,' suste Petra.
'Ja, sorry.'
'Wat vond je het leukste van vandaag, kerel? En doe me een lol en zeg niet: het nieuwe horloge.'
'De gondel,' antwoordde Niels nadat hij er even over had nagedacht.
'Dat mag ook wel voor die prijs,' vond Hans. 'Tachtig euro voor een halfuurtje door de grachten van Venetië. Die gasten lopen echt binnen.'
Hij keek weer in zijn achteruitkijkspiegel. Zijn blik en die van Niels kruisten elkaar.
'Maar het was inderdaad hartstikke leuk. Wat vond jij eigenlijk van Het Gouden Boek?'
'Hm, niet zo spannend, maar wel mooi. Die duiven op het Marco van Bastenplein vond ik wel gaaf. Het waren er zo ongelooflijk veel en het leken wel vliegende poepmachines!'
Hans en Petra schoten in de lach. 'Het San Marcoplein is omge-

doopt tot...' lachte Hans. 'Zo zie je maar wat een geweldige voetballer kan bereiken.'
Om zeven uur precies parkeerde Hans de auto voor hun caravan. Zoals afgesproken mocht Niels vandaag als eerste douchen. Hij ging vanavond voor de eerste keer op stap.
Voor Italiaanse begrippen begon de avond vroeg. Iets na halfacht meldden Thijs, Conor en Mats zich.
'*Good evening, gentlemen*,' begroette Hans hen. Hij ging ervan uit dat de jongens onderling een soort brabbeltaaltje spraken met veel Engelse woorden. Blijkbaar begrepen ze hem uitstekend, want ze groetten hem alle drie terug in het Engels.
Niels kwam op dat moment de caravan uit, begroette zijn vriendjes met een nonchalante knik en pakte zijn fiets.
'Hé, tijger,' zei Hans. 'Je kent de afspraak, hè?'
Niels tikte met zijn vinger op het gloednieuwe horloge dat losjes om zijn pols zat. 'Voor halfelf thuis.' Daarna stapte hij op zijn fiets. 'Doei.'
'*Bye, bye*,' zei Hans tegen het vertrekkende groepje. Hij glimlachte breed, maar vond het best moeilijk dat Niels een groot deel van de avond niet thuis was.
'Ga eens rustig zitten,' zei Petra. Ze kende hem door en door en wist hoe hij zich nu voelde.
Hans nam tegenover haar plaats. 'Dat wordt dus drie uur in de zenuwen zitten,' zuchtte Hans. 'Ik vraag me steeds meer af of dit wel zo'n goed plan is. We kunnen hem zo niet in de gaten houden.'
Petra streelde met haar vingertoppen de rug van zijn hand die hij op de tafel had gelegd. 'Het heeft totaal geen zin om de hele avond somber te zijn. We hebben dit van tevoren overlegd en waren het er allebei over eens dat we het op deze manier zouden doen. Het is moeilijk maar je moet het een beetje loslaten. Thuis stres je toch ook niet zo als hij bij een vriendje speelt?'
Hans knikte gedwee. 'Dat weet ik wel, maar dit is niet thuis. Dit

is een andere omgeving die we niet goed kennen. Het is een grote camping, ze kunnen verdwalen.'
Petra grinnikte. 'Zo zie je maar hoe gek het kan lopen.'
Hans keek haar niet-begrijpend aan.
'Ik bedoel, ligt het niet meer voor de hand dat ík zo zou reageren? Moedergevoelens en zo...'
'Wat je eigenlijk wilt zeggen is dat ik een watje ben.'
'Ja, nou goed. Nee, even serieus. Dat bedoel ik helemaal niet. Integendeel, deze reactie siert je, het zegt veel over je karakter. Je bezorgdheid. Maar je kunt niet alles onder controle hebben. Ze hebben gezegd waar ze zijn en wanneer, we moeten hem het vertrouwen geven. Als we dat niet doen, gaat hij juist dingen stiekem doen.' Ze haalde rustig haar hand van tafel en trok haar wenkbrauwen op. 'En? Zit ik ernaast of klopt het wel aardig?'
'Het klopt meer dan aardig. Waarom vertel je me nu pas dat je gedachten kunt lezen?'
Ze gaf hem een knipoog en stond op. 'Specialiteit van het huis. Morgen onthul ik de duistere seksuele verlangens waarmee je al jaren rondloopt.'
Ze zag hoe haar opmerking een vage glimlach bij hem ontlokte.
'Biertje, doemdenker?'
Hij schudde ontkennend zijn hoofd. 'Nu nog niet, misschien straks.'

7

Stipt negen uur stond Hans op. Hoewel ze dit gisteravond uitvoerig hadden besproken, liep hij aarzelend naar de deuropening en bleef daar staan.
'Ga nu maar,' zei Petra beslist.
'Dus jij vindt dat...'
'Ik vind helemaal niets. Doe gewoon wat je vindt dat je moet doen.'
Hij knikte en stapte naar buiten. Uit zijn ooghoek zag hij dat Berry en Marion op hun terras zaten en naar hem keken. Uit beleefdheid stak hij zijn hand op en sloeg rechts af. Hun directe buren waren jonge mensen uit Duitsland. Ook zij zaten op hun terras. Hun baby, die overdag regelmatig huilde, lag in de caravan te slapen. Hij knikte ze toe en liep verder.
Aan het eind van de weg sloeg hij weer rechts af. Een kleine honderd meter verderop ging hij op de kruising linksaf en wandelde op zijn gemak langs een aantal tenten waarvan de meeste hermetisch waren afgesloten. Alleen voor de laatste tent in de rij zat een man op een klapstoeltje. Hij dronk een flesje bier en oogde zeer ontspannen. Toen Hans hem aankeek, lachte de man hem vriendelijk toe.
Op de volgende kruising sloeg hij rechts af. Vanaf dit pad hoorde hij de eerste muziekflarden. Het was vrolijke muziek, een deuntje dat geschikt was voor een groot publiek.
Het werd steeds drukker. Echtparen, mensen met kleine kinderen, jonge stelletjes die innig gearmd liepen en groepjes luidruchtige jongeren. De sfeer die er hing was prettig, gemoedelijk. Bij de ingang van de zwembaden bleef hij staan. Hij wilde even de tijd ne-

men om een goed overzicht te krijgen. Daarna liep hij rustig naar een groep volwassenen die allemaal naar het podium stonden te kijken. Hij ging vlak achter hen staan alsof hij ook geïnteresseerd was in wat er op het podium gebeurde.
Zijn blik gleed langzaam over de menigte. Hij bevond zich ongeveer in het midden van het plein dat recht voor het sportzwembad lag. Op het podium stond een jongetje van een jaar of tien. Hij was verkleed als piraat en sloeg met een plastic zwaard op de maat van de muziek. Een groepje van volwassenen en kinderen dat vlak voor het podium stond klapte fanatiek mee. Waarschijnlijk familie en vrienden, dacht hij.
De muziek stopte en een presentator bedankte het jongetje en kondigde een nieuwe act aan. Het was een meisje van ongeveer dezelfde leeftijd. Ook zij was verkleed als piraat. Hij liet zijn blik over het publiek gaan en ontdekte Niels. Samen met zijn vriendjes stond hij naast de buitenbar en tikte met zijn voet op de maat van de muziek.
Met de geruststellende gedachte dat hij wist waar zijn zoon was, dat die het naar zijn zin had en alles veilig was, liep hij terug naar de ingang. Toen hij daar aankwam, keek hij nog één keer om.
De weg waarop hij nu liep heette Corso Lago di Garda en was viermaal zo breed als de overige wegen. Het was de aorta van het park en liep van het zwembad naar de achteringang die vlak bij het Gardameer lag.
Voordat hij de achteringang bereikte waar de bewaker trouw op zijn post stond om te checken of de drommen mensen die naar binnen wilden wel de juiste polsbandjes droegen, sloeg hij rechts af. 'Het hol' lag naast een van de drie restaurants die verspreid over het park lagen. Het was een flinke hal en toen hij naar binnen stapte, botste hij tegen een muur van lawaai. De ruimte stond vol met videospelletjes die bijna allemaal bezet waren. De leeftijd van de bezoekers varieerde van zes tot zestig. Tot zijn genoegen ston-

den er geen fruitautomaten. Hij keerde zich om en liep tevreden naar huis.
Eenmaal bij de afslag van Viale Bardolino aangekomen, zag hij dat Petra bij Berry en Marion op het terras zat. Hij aarzelde. Hij wist niet of hij daar nu zin in had. Maar toen hij bij hun eigen caravan aankwam, stond Petra op zodat hij geen beslissing meer hoefde te nemen. Ze zei de ouders van Thijs gedag en liep naar hem toe.
'Zo, Sherlock,' zei ze lacherig. 'Heeft je onderzoek nog wat opgeleverd?'
'Ik ben tot de conclusie gekomen dat onze zoon zich keurig gedraagt en het zeer naar zijn zin heeft.'
Ze gaf hem een knipoog en opende de deur van de caravan. 'Ik hoop dat jij je nu ook kunt ontspannen, neem een biertje.'
Even voor halfelf kwamen Thijs en Niels op hun fiets aanrijden. Niels stopte voor hun caravan en zei Thijs gedag die doorreed en zijn fiets voor zijn eigen caravan parkeerde.
'Keurig op tijd,' zei Hans. 'Precies zoals het hoort.'
Niels tikte met zijn vinger op zijn nieuwe horloge. 'Loopt gelijk.'
'Was het piratenbal leuk?' wilde Petra weten.
Niels haalde nonchalant zijn schouders op. 'Best wel.'
Hans pakte de kaarten van tafel en hield deze omhoog.
'Nog zin in een laatste spelletje?'
'Leuk,' antwoordde Niels en hij trok een klapstoeltje bij. Hij profiteerde graag van het feit dat hij nog niet naar bed hoefde.

8

Met wankele tred liep Ottavio Galli op het pad dat vlak langs het Gardameer liep. De fles wijn en wat schamele etensresten uit de vuilnisbakken hadden vandaag het hongergevoel niet weggenomen. Meestal wist hij het lege gevoel dat zijn maag teisterde te negeren, het te accepteren als onderdeel van zijn leven. Na weer een miserabele dag van bedelen en etensrestjes bij elkaar sprokkelen, vond hij altijd wel ergens een plek om zijn gesloopte lichaam tot rust te laten komen. Die rust was overigens betrekkelijk. Hoewel hij 's avonds laat doodop was, bleef zijn geest tot diep in de ochtend actief.

Want de situatie waarin hij sinds drie jaar verkeerde, eigenlijk al vijf als je de laatste ellendige jaren toen hij nog wel een huis en gezin had meerekende, was uitsluitend op hemzelf terug te voeren. Hij was niet buiten de maatschappij beland vanwege de fouten van anderen. O, nee. Dat stuk medeleven, laat staan medelijden, was hem niet gegund. Dat hij hier ongewassen, in stinkende kleren en zonder enig bezit langs het Gardameer liep, had hij alleen maar aan zichzelf te wijten.

Terwijl hij langzaam verder in gedachten verzonk, bleef een deel van hem waakzaam. Dat was een tweede natuur van een dakloze. Altijd op je hoede zijn. Mensen bleven beesten die instinctief konden reageren. Wat dat betreft zeiden een mooi pak en gepoetste schoenen niets over beschaafdheid. Hij leefde als een beest en doordat hij door iedereen ook zo behandeld werd, kostte het hem steeds meer moeite om zichzelf als een mens te zien. Hij was een

verschoppeling die steeds verder afdaalde. Uiteindelijk belandde je dan tussen de dieren en werd je er vanzelf een.
In het voorbijgaan hoorde hij hoe een groep jongens wat schampere opmerkingen maakten. De meisjes lachten ingetogen. Hij vond het prima, dit was dagelijkse kost voor hem. Dit was het noodlot dat hij over zichzelf had afgeroepen. Definitief, want hij zag geen weg meer terug. Slechts een wonder kon hem nog redden. Inmenging van boven, wat hem hoogst onwaarschijnlijk leek. Daarvoor waren zijn fouten te groot geweest.
Deze gedachte dwong hem omhoog te kijken. De schemering was ingevallen en de eerste sterren verschenen aan het firmament.
'Arianna,' fluisterde hij. De ster die hij naar zijn vrouw had vernoemd stak nog wat bleekjes af tegen de hemel. Straks zouden haar stralen hem bereiken, misschien wel verwarmen. Net zoals vroeger, toen ze in zijn armen had gelegen.
Hij draaide zijn hoofd in de richting van Rome dat ergens voorbij de horizon lag.
Dorotea's ster straalde boven de metropool waarin het wel en wee van Italië werd besproken en bepaald. In dit episch centrum van het land zou zij opgroeien tot een zelfstandige vrouw die haar toekomst zelf in de hand had. Dat hij nooit deel zou uitmaken van dit proces had hij geaccepteerd, hoe pijnlijk het ook was. De vrouw die zij zou worden mocht nooit geassocieerd worden met zo'n waardeloze vader als hij. Een man die niet adequaat genoeg had gereageerd toen zijn vrouw ziek werd en het daarna op een zuipen zette waardoor de autoriteiten zich gedwongen zagen hem uit de ouderlijke macht te ontzetten. Met zo'n vader als ballast werden Dorotea's mogelijkheden beperkt. Daarom was het logisch en eerlijk dat hij deze last droeg. Het enige en laatste wat hij nog voor zijn dochter kon doen.
Hij wendde zijn hoofd af van de hemel en liep naar een van de kleine, metalen afvalbakken waarvan er zoveel langs het Garda-

meer stonden. Geroutineerd stak hij zijn hand in de opening en zocht met zijn vingers naar iets bruikbaars. Even later hield hij een halflege plastic drinkbeker en wat restjes van broodjes hamburger in zijn hand. Het was niet veel, maar alles was beter dan niets.
Op weg naar de volgende afvalbak moest hij opnieuw zijn pas inhouden. Een groepje fietsers benutte de hele weg en niets in hun houding duidde erop dat zij ruimte zouden laten voor zoiets verachtelijks als een zwerver.
Hij stapte opzij, tegen het hek om het gezelschap doorgang te verlenen. Het hek dat een scheiding vormde tussen het pad en camping La Regina di Garda, gaf iets mee, alsof het loszat. De camping stond bekend om het goede onderhoud en strenge toezicht. Ooit was hij weleens langs een bewaker geglipt en had hij 's avonds een aardig kostje opgehaald bij meerdere gasten die buiten hun tent zaten of nagenoten van hun barbecue. Dat was een koningsmaal geweest, herinnerde hij zich nog goed. Vlees, brood, bier, wijn. Zonder veel morren hadden ze hem volgepropt met de resten van hun maaltijd.
Hij bleef staan en verkende snel de omgeving. Ongeveer twintig meter voor hem liepen een paar stelletjes die schijnbaar niet op hem letten. Dertig meter achter hem een gezin met drie kinderen. Als hij snel was, kon hij ontdekken wat er met de afzetting aan de hand was.
Hij nam een nonchalante houding aan en duwde met zijn voet tegen het harde materiaal. Twee meter voor hem splitste de afzetting zich een beetje. De ruimte die hierdoor ontstond, was groot genoeg voor een volwassene om erdoorheen te kruipen.
Ideaal, dacht hij. De mogelijkheid om straks door het gat te kruipen en op de camping op onderzoek uit te gaan, was erg verleidelijk. Het was een mooie kans op een volle buik en misschien wel meer... Nu was het alleen nog te vroeg. Straks, als het donker was, zou hij door het gat glippen.

9

'Alsjeblieft.' Marion zette twee flesjes bier en twee glazen rosé op tafel.
'Proost,' zei Berry en hij zette het flesje aan zijn lippen. Hans volgde zijn voorbeeld en Marion en Petra tikten hun glazen tegen elkaar.
'Op een fijne vakantie,' toostte Petra.
'Ik hoorde van Thijs dat jullie hier vaker zijn geweest,' zei Hans.
'Dit is het veertiende jaar,' antwoordde Marion. 'De eerste keer toen Eline drie jaar was. Dat beviel zo goed dat we altijd zijn blijven komen.'
'Dat is hun dochter,' verduidelijkte Petra. Vlak nadat Hans was gaan kijken of Niels zich vermaakte, hadden Berry en Marion haar gevraagd om bij hen te komen zitten. Toen hadden ze al wat met elkaar gepraat, maar ze wilde nu niet de indruk wekken dat ze daarover uitgebreid met Hans had gesproken. Anders bleef er ook zo weinig over om te bespreken.
'Van zeventien jaar,' bromde Berry gemaakt ontstemd. 'En die wil niet meer met pappie en mammie naar de camping. Veel te saai, weet je wel?'
'Ze is met vriendinnen naar een camping in de Ardennen,' vulde Marion aan. 'Maar ze belt wel elke dag, hoor.'
Hans knikte begrijpend. 'Tja, die tijd staat ons ook nog te wachten. Ik moet er niet aan denken...'
Berry haalde zijn schouders op. 'Ach, het went. In het begin had ik het er ook moeilijk mee, maar nu ben ik er al aan gewend. En ze komt over twee weken weer thuis, gelijk met ons.' Hij nam een

paar slokken van zijn bier en zuchtte tevreden. 'Over tien jaar zit ik hier samen met moeder de vrouw en leiden de kinderen hun eigen leven. Het is niet anders. Sterker nog, zo hoort het te gaan. Toch?'
Hans knikte. In een discussie had hij geen zin. Hij voelde zich nog steeds niet prettig bij het idee dat Niels alleen op stap was, al was het dan op het terrein van de camping. 'Deze camping heeft me verrast, daar moet ik eerlijk in zijn. Het is netjes, heel schoon, er zijn voldoende activiteiten en er is nauwelijks tot geen geluidsoverlast.'
'En wat dacht je van de locatie?' ging Petra verder. 'We hebben een fietstocht naar het noorden gemaakt en de natuur die je daar ziet is gewoon overweldigend.'
Hans knikte beamend. 'Ik ben helemaal niet zo'n echte natuurfreak, hoor. Maar wat je hier op zo'n korte afstand aan variëteiten ziet is echt ongelofelijk!'
Marion glimlachte melancholiek. 'Ik weet wat jullie bedoelen. Tijdens onze eerste jaren hier hebben wij de omgeving ook verkend. Daarna, als je die een beetje kent, breng je overdag de meeste tijd door op de camping zelf en zit je 's avonds met een drankje voor je tent. Je hoeft dan niet meer zoveel.'
'Ik ben wel onder de indruk van wat ik tot nu toe gezien heb,' zei Hans. 'Hier in het zuiden, omgeving camping, is het zo plat als een dubbeltje. Zeg maar een landschap dat je in Nederland vindt. Maar zo gauw je naar het noorden fietst, verandert de omgeving continu.' Hij telde op zijn vingers af. 'Onderweg heb ik heuvels met oleanders, cipressen en citroenbomen gezien, om er maar een paar te noemen. Door de schittering van de zon op het meer en de enorme variëteit aan vegetatie krijg je het idee dat je steeds weer door andere kleuren wordt omgeven. Er waren zulke mooie plekken bij, dat ik bewust even een rustiger tempo aanhield.'
'Om beter van het uitzicht te kunnen genieten?' vroeg Marion.
'Nee, omdat ik bang was dat Adam of Eva opeens voor mijn wiel zou staan.'

Zijn grap kreeg bijval, iedereen grinnikte.
'Het meer zelf is ook waanzinnig mooi,' zei Petra. 'Die kleur, zo azuurblauw. Overal zie je boten en surfers. Als je de bergen wegdenkt, sta je op het strand van de Middellandse Zee.'
Berry stak zijn vinger op. 'Maar die bergen maken het juist nog mooier. Met een omtrek van een kleine honderdzestig kilometer is het Gardameer het grootste én schoonste meer van Italië.'
'Hoe het kan is mij een raadsel,' mijmerde Hans. Het drietal keek hem niet-begrijpend aan.
'Die bergen, de vlaktes, de variatie van begroeiing, bedoel ik. Het is toch ongelofelijk dat op zo'n relatief kleine oppervlakte zulke enorme verschillen voorkomen? Een mix van zoveel landen samengeperst in een overzichtelijk stuk natuur.' Hij knikte zelfverzekerd. 'Ik ben blij dat we voor het Gardameer hebben gekozen.'
'De omgeving is geweldig en de camping is een toplocatie,' beaamde Berry. 'Alles op loopafstand en in die veertien jaar heb ik hier nog nooit ellende meegemaakt.'
'Behalve toen met die barbecue,' wist Marion.
'Tja, nou je het zegt. Dat was me wat, zeg.' Hij zag dat Hans en Petra hem geïnteresseerd aankeken en besloot het verhaal in verkorte vorm te vertellen.
'Zowel de buren als de overburen hielden op hetzelfde moment een barbecue. Wij werden hier op het terras uitgerookt. Omdat ze maar doorgingen, ben ik op een gegeven moment naar hen toe gegaan. Of ze zo vriendelijk wilden zijn ermee te stoppen of dat ding te verplaatsen.' Hij zuchtte diep bij deze herinnering. 'Uiteindelijk nokten ze. Daarna bleef het nog iets van twee uur onrustig. Je kent het wel, te veel drank op waardoor ze baldadig werden. Ik stond op het punt om definitief in te grijpen, toen opeens drie mensen van de campingleiding opdoken. Ze hadden een korte mededeling, maar daarna was het feest wel direct over.'

'Na die avond hebben ze ons alleen maar vuil aangekeken,' zei Marion.
Berry grijnsde. 'Wat onterecht was, want wij hadden ze niet ingeseind.'
'Wie dan wel?' wilde Hans weten.
'Geen flauw idee,' antwoordde Berry oprecht. 'Maar de waarschuwing was goed tot ze doorgedrongen, want we hebben geen last meer van ze gehad.'
'Na die vakantie hebben we ze ook nooit meer gezien,' ging Marion verder. 'Die mensen hoorden hier ook niet thuis. Asociaal.'
Precies het volk dat ik hier verwachtte, dacht Hans. Hij hield zijn gedachte echter voor zich en zei: 'Tja, zulke egoïsten heb je altijd.'
'Daar zul je in Baarn geen last van hebben, toch?' Berry knipoogde erbij.
'Hoe bedoel je?' vroeg Petra.
'Dat is toch Gooische kak?'
Hans wuifde dit weg. 'Valt wel mee, hoor. Of je moet ons kak vinden...'
Berry sloeg zich na deze opmerking op zijn knie. 'Da's een goeie. Nee, jullie lijken me geen kak. Maar wat ik gisteren van Petra begreep is dat jullie het wel lekker voor elkaar hebben.'
Hans keek hem niet-begrijpend aan. 'Hoe bedoel je?'
'Nou, jij hebt een goede baan als fysiotherapeut en zij kan haar werk in die modewinkel zo regelen dat ze thuis is als Niels van school komt. Dan heb je het in mijn ogen prima voor elkaar.'
'Ik heb gisteren verteld dat Liesbeth mij om twee uur aflost,' verduidelijkte Petra.
Hans knikte. Hij nam een slok van zijn bier. 'En hoe zit het met jullie? Werken jullie allebei?'
'Ber werkt voor zichzelf als koerier,' antwoordde Marion. 'En ik maak 's morgens schoon bij een snackbar en een restaurant. Zo rond halftwee ben ik weer thuis.'

'Om de kinderen op te vangen als zij uit school komen,' zei Berry. Zijn blik gleed van Petra naar Hans. 'Het lijkt erop dat wij zo ongeveer dezelfde ideeën hebben over opvoeden. Ik bedoel, op het gebied van dat er iemand thuis moet zijn als de kinderen uit school komen.'
'En dat hoor je niet zoveel meer,' zei Marion. 'Het lijkt wel of tegenwoordig iedereen werkt. Hoe doen ze dat dan met de kinderen?'
'Sleutelkinderen,' snoefde Berry. 'Ach, laten we er maar over ophouden. Dan blijft het gezellig.'
Hans knikte. Hij begreep wat Berry bedoelde, maar vond zijn stelling nogal ongenuanceerd en had geen zin hier verder op door te gaan.
Marion bracht nog een rondje en om kwart over tien keek Hans op zijn horloge.
Berry merkte zijn bezorgdheid op. 'Zit je al op hete kolen? Maak je niet druk, gisteren is het toch ook goed gegaan?'
Hans dacht meteen aan zijn eigen optreden en dat dit ongetwijfeld tot enige hilariteit had geleid. 'Ik ben gisteravond zeker flink over de tong gegaan, hè?'
Berry grijnsde breeduit. 'Ben je gek, man. De eerste keer dat Thijs 's avonds met zijn vriendjes over de camping ging lopen, deed ik ook zo maf. Welkom bij de club.'
Maf, dacht Hans een beetje schuldig. Dat is het misschien ook wel.
'Dus jij dacht dat ik je hier gisteren belachelijk zat te maken?' zei Petra met gespeelde verontwaardiging. 'Je moet je schamen!'
Toen iedereen begon te lachen, deed Hans mee. Een beetje zelfspot kon geen kwaad. Hoewel hij het niet hardop zei, deed het hem toch goed dat Berry met hetzelfde probleem had gekampt.
Om halfelf werd Hans echt nerveus. Hij wisselde enkele blikken met Petra die de rust zelve leek. Toen hij er serieus over dacht om op te staan, klonk er een ringtone. Berry haalde zijn mobiele telefoon uit zijn broekzak.

'Wat is er, Thijs?' De echo van zijn vraag hing nog in de lucht toen hij de telefoon een beetje van zich afhield. Over het terras klonk opeens het blikken geluid van muziek. Hij duwde het mobieltje weer tegen zijn oor en kneep zijn oogleden tegen elkaar toen de muur van geluid door zijn hoofd galmde. 'Ik kan je bijna niet verstaan!'
Blijkbaar was het Thijs gelukt om een plekje te vinden waar het minder luidruchtig was, want Berry opende zijn ogen en knikte.
'Blijf even hangen,' sprak hij luid. 'Ik vraag het aan de ouders van Niels.' Weer liet hij de telefoon even zakken. 'Het wordt wat later. De jury is aan het overleggen wie er gaat winnen.'
'Hoe laat?' reageerde Hans als eerste.
'Weet ie nog niet.'
'Niels moet voor elven thuis zijn,' besliste Petra zonder enig overleg. Ze negeerde de verontwaardigde blik van Hans.
'Jij en Niels moeten voor elf uur hier zijn.'
Door de muziekflarden heen hoorden ze de stem van Thijs.
'Het interesseert me geen moer tot hoe laat die jury overlegt. Jullie tweetjes zijn voor elven hier, ben ik duidelijk? Goed, zo. Dan zie ik jullie straks.'
'Het is vakantie,' zei Marion tegen niemand in het bijzonder. Hans zag in dat ze een punt had. Misschien was hij wel te bezorgd en te streng. Als het aan hem had gelegen was hij opgestaan en had hij Niels persoonlijk gehaald. En dat was niet goed, realiseerde hij zich. Hij moest meer begrip tonen voor de situatie en zich niet uitsluitend door zijn emoties laten leiden.
Hij glimlachte naar Petra. 'Dat heb je goed gedaan, schat.'
Ze zag dat zijn glimlach oprecht was en grijnsde terug.
'Nog een laatste rondje, dan?' Marion wierp een vluchtige blik op haar horloge. 'De kinderen zijn over een klein halfuurtje weer thuis.'
Er werd instemmend geknikt.
Marion kwam terug met twee volle glazen rosé en twee flesjes bier.

Hans knikte met een scheve grijns naar het glas dat voor Petra stond. 'Zo, jij lust 'm wel vanavond.'
Berry tikte hem vriendschappelijk op zijn schouder. 'Je weet wat ze van dronken vrouwen zeggen.'
'Die vallen in slaap,' sprak Petra stoïcijns en ze hief haar glas.
'Daar drink ik op, meid,' zei Marion en ze knipoogde naar Berry die zijn schouders ophaalde.
'Ach, na twintig jaar vind ik het allemaal wel prima.'
Ze babbelden nog wat over koetjes en kalfjes en Hans wist zich te beheersen door niet op zijn horloge te kijken. Zijn geduld werd beloond toen Thijs en Niels stipt om elf uur de straat in reden.
Petra stond als eerste op. 'Was het leuk?' vroeg ze aan Niels die van zijn fiets was afgestapt en vlak naast het terras bleef staan.
'Ja, hoor.'
'Wie heeft gewonnen?' wilde Hans weten.
'Een Engelse jongen. Zó, die kon goed zingen! Hij wordt vast wereldberoemd.'
Thijs had zijn fiets neergezet en kwam instemmend knikkend naast Niels staan. 'De finale was echt spannend, want de rest kon ook goed zingen.'
'Ik hoor het morgen verder wel,' zei Petra met een brede glimlach. Ze legde haar hand op Niels' schouder en trok hem zachtjes mee. 'Kom, we gaan naar huis.'
Ze bedankte Marion en Berry. 'Als jullie zin hebben, morgen bij ons, oké?'
Berry knikte. 'Lijkt me een goed plan.' Hij keek Thijs aan. 'Bedtijd, meneertje.'
Thijs zei gedag en verdween in de caravan.
'Was dat niet een beetje voorbarig, te veel van het goede?' fluisterde Hans toen ze weer op hun eigen terras zaten. Niels had inmiddels zijn tanden gepoetst en was zonder veel tegensputteren naar bed gegaan.

'Beleefdheid,' antwoordde Petra. 'En het viel vanavond toch wel mee? Als ze morgen een avondje bij ons komen, staan we quitte en zien we de rest van de vakantie wel verder.'
'Lijkt het je geen goed idee als ik morgenavond een Nederlandstalige cd opzet?' Hij stond op, strekte zijn armen en deed alsof hij de polonaise liep.
'Heb je even voor mij?' neuriede hij precies zo hard dat alleen Petra hem kon horen. 'Maak wat tijd...'
'Hou op,' zei ze streng. 'Je doet alleen maar zo kinderachtig omdat jij je vooroordelen over de camping niet bevestigd ziet.'
Hij liet zijn armen weer zakken. 'En daar ben ik heel blij om.' Hij keek schuldbewust. 'Je hebt gelijk, dat was lullig, ik wilde grappig doen. Kan ik iets te drinken voor je inschenken?'
'Ja, doe maar.' Ze pakte zijn arm, trok hem naar zich toe en kuste hem op zijn wang. 'Ontspan, het is vakantie.'
'Ik doe niet anders, schat. Het Gardameer was een perfecte keuze. Alle credits gaan naar jou. Als jij dit niet op internet had gevonden, waren we een heerlijke vakantie misgelopen.'

10

Iets na negenen kwamen Berry en Marion bij hen op het terras zitten. Thijs, Niels, Conor en Mats waren om acht uur vertrokken. Vanavond was er een 'Miss en Mister'-verkiezing waarvan de jongens hoge verwachtingen hadden. Thijs had vanmiddag zelfs de stoute schoenen aangetrokken en zich aangemeld als jurylid. Een initiatief waar de leiding wel om had moeten grinniken, maar dat toch beslist werd afgewezen. De jury bestond enkel uit leden van het animatieteam.
'Hoe was de wandeling?' vroeg Hans.
'Langs het meer gelopen,' antwoordde Berry. 'We waren niet de enigen.'
'Was het zo druk?' vroeg Petra.
'Een mierennest,' bevestigde Marion. 'We moesten constant inhouden en opletten dat we niet tegen iemand op botsten, heel vervelend.'
'Dat was vanmiddag wel anders,' zei Hans. 'We hebben van drie tot vijf in het meer gezwommen. Hoewel, gezwommen...'
Berry knikte. 'Ik weet precies wat je bedoelt. Honderd meter van de kant komt het water nog steeds tot je middel.'
'Om nog maar te zwijgen van die stenen op de bodem,' zei Marion. 'Er komt geen eind aan, om gek van te worden. Ik heb er al tig keer mijn voeten aan opengehaald.'
'Dat is toch zo in tegenstelling met de omgeving,' zei Hans. 'Je ziet dat prachtige, blauwe meer voor je liggen en op het moment dat je erin stapt, verkleurt het water recht voor je ogen tot een bruine

drab die in een Nederlandse sloot niet zou misstaan. Heel merkwaardig, zal wel door de zandbodem komen.'
'Hetzelfde recept?' vroeg Petra waarop het tweetal knikte. Ze ging de caravan binnen en kwam vijf minuten later terug met rosé en bier.
'Ik sterf van de dorst,' zei Berry. Hij klokte de helft van zijn bier naar binnen.
Om kwart over tien keek Hans voor de eerste keer op zijn horloge. Petra wist dat hij aan het aftellen was, maar het deed haar goed dat hij vanavond zijn best deed ontspannen te zijn. Hij luisterde geïnteresseerd naar de verhalen die over tafel vlogen en vertelde af en toe ook een grappige anekdote. Het leek er steeds meer op dat hij haar advies serieus had genomen en langzaam maar zeker loskwam.
'Dus onze jongens zijn de meiden aan het beoordelen,' zei Hans.
'Dat is wel te hopen,' antwoordde Berry grijnzend. 'Er schijnt namelijk ook een Misterverkiezing te zijn.'
Marion zuchtte opzichtig. 'Doe toch niet zo flauw. Als hij niet op meisjes valt zul je dat gewoon moeten accepteren.'
'Zonder enig probleem, schat,' antwoordde Berry niet erg overtuigend. Iets na halfelf kwam Thijs de bocht om rijden en stopte recht voor het terras.
'Hallo,' groette hij schuchter.
'Hoi, Thijs,' zei Petra. 'Waar is Niels?'
Thijs haalde voorzichtig zijn schouders op. 'Weet ik niet.'
Hans stond meteen op. 'Wat bedoel je? Jullie komen toch altijd samen naar huis?!'
Ook Petra stond op en ze legde haar hand op zijn arm. 'Doe eens rustig.'
'Dus jullie zijn niet samen naar huis gefietst?' vroeg Marion.
Thijs schudde ontkennend zijn hoofd.
'Niels is met Mats meegegaan.'

'Wat?!' Hans stond met twee passen naast Thijs. 'Wanneer heb je Niels voor het laatst gezien?'
'Bij de uitgang. Ik ben hierheen gefietst en hij ging weg met Mats.'
'Ook met de fiets?'
Thijs knikte.
'Ik ga hem zoeken,' meldde Hans. 'Welke kant ging hij op? Heb je dat gezien?'
Thijs schudde zijn hoofd en keek hem nu een beetje bang aan. 'De andere kant op. Ik weet niet waar ze naartoe gingen.'
'Zodra ik hem heb gevonden bel ik je,' zei Hans tegen Petra.
'En ik bel jou als hij hier is. Hou je rustig, hè? Met paniek schiet niemand iets op.'
Hans draaide zich om en liep op een drafje naar het einde van de straat. Toen hij uit het zicht verdween, legde Marion haar hand op die van Petra.
'Maak je niet druk, meid. Het komt allemaal goed. Dit hebben we met Thijs al zo vaak meegemaakt... Over een kwartier staat Niels weer voor de deur.'
'Ik hoop het.'
'De eerste keer dat ze te laat zijn zit je ontzettend in de zenuwen,' probeerde Berry haar gerust te stellen. 'Later vraag je jezelf af waar je je zo druk over hebt gemaakt. Wij weten er alles van.'
Petra probeerde te glimlachen. Ze wist dat Berry en Marion waarschijnlijk gelijk hadden, maar dat kon haar ongerustheid niet wegnemen.
Hans liep op een drafje naar de plek waar Thijs Niels voor het laatst had gezien na de Missverkiezing. Vlak voor de ingang van het plein, dat op de camping te boek stond als 'De arena', keek hij om zich heen. Geen spoor van Niels. Hij liep het plein op en constateerde dat het veel rustiger was dan twee dagen geleden, al was het nu wel een stuk later. Het podium was leeg. Her en der stonden groepjes volwassenen en jongeren die iets ouder waren dan

Niels. Af en toe rende er een kind tussen de mensen door. Hij liep voor de zekerheid het plein rond en controleerde de plekken die vanuit de ingang niet te zien waren. Niels was nergens te bekennen. Hans liep naar de uitgang. Eenmaal op het pad verhoogde hij zijn tempo. 'Het hol' was nu de meest voor de hand liggende optie. De flinke afstand naar de spelletjeshal was voor hem geen probleem. Nu het er echt op aankwam, profiteerde hij van zijn dagelijkse loopoefeningen op de loopband.

Om de paar honderd meter stopte hij om de zijstraten in te kijken. Families op de terrasjes voor hun bungalow en kinderen die een balspelletje deden. Maar geen Niels.

Hij jogde naar het speelhonk en kwam al snel tot de conclusie dat Niels daar ook niet was.

Hoewel hij popelde om verder te gaan, nam hij even de tijd voor zijn volgende beslissing. Schuin links van hem lag de achteringang van de camping. Vanaf daar kwam je op het pad dat langs het meer liep. Overdag, maar vooral 's avonds, verzamelden de jongeren zich daar. Een spannende, dus ideale plek voor een jochie van elf, schoot het door hem heen. Toch draaide hij naar rechts, weg van de ingang, terug in de richting van de caravan en begon te rennen. Hij kende zijn zoon goed genoeg om te weten dat hij zich aan de belofte zou houden om het terrein van de camping niet te verlaten. Bovendien had hij net bedacht dat hij natuurlijk de ouders van Mats moest zien op te sporen. Misschien was Niels gewoon met Mats naar zijn kampeerplek gegaan. Toen hij hun straatje in rende, ging hij over op een drafje. Hij wilde niet al te paniekerig overkomen.

Ze zaten met z'n vieren om de tafel en de stemming leek ontspannen, hoewel hij Thijs niet meteen kon zien omdat Berry recht voor hem zat. Die relaxte sfeer kon natuurlijk ook schijn zijn, dacht hij. Petra kennende was ze inmiddels knap zenuwachtig, maar het was niet aan haar te merken.

'Ik heb hem nog niet gevonden,' was zijn antwoord op de vragende blikken die op hem werden afgevuurd. 'Die camping is zó groot, ik heb hooguit een kwart van het terrein gecheckt.'
'Ik ga met je mee,' sprak Petra beslist.
Hans schudde met zijn hoofd. 'Dat kan niet. Als Niels terugkomt moet er iemand zijn die hem opwacht.'
'Dat kunnen wij doen,' zei Marion. 'Ik heb de nummers van jullie mobiele telefoons. Als Niels komt opdagen, bel ik meteen.'
Thijs zat met gebogen hoofd en het leek alsof hij huilde.
'Wat is er met hem aan de hand?'
Berry sloeg een vaderlijke arm om de schouders van zijn zoon. 'Onze Thijs is een beetje van de kaart,' verklaarde hij op rustige toon. 'Toen jij weg was, kwam het hoge woord eruit.'
'Niels is met Mats meegegaan omdat hij een sigaretje wilde roken,' zei Petra.
'Wilde Niels een sigaretje roken?!' vroeg Hans vol ongeloof.
'Nee, Mats wilde een sigaretje roken en Niels moest op zijn fiets passen.'
Hans zag dat Thijs zich erg ongemakkelijk voelde, misschien wel schuldig dat hij Niels niet overtuigd had met hem mee te gaan. 'Thijs, jij kunt er niets aan doen. Maar je kunt me wel helpen. Weet je waar ik de ouders van Mats kan vinden, waar hun huisje of caravan staat?'
'Het is een tent,' antwoordde Thijs.
'En jij kunt die tent vinden? Ook in het donker?'
Thijs knikte.
Berry stond op en zei: 'Ik loop met jullie mee.'

11

Samen liepen ze op een drafje over de camping. De tent van Mats bleek op het tentenveld aan de Corso Copenhagen te staan.
'Daar is het,' zei Thijs beslist. 'Die grote groene tent.'
In de voortent zat een jongen van een jaar of achttien. Hij had sluik haar en las een magazine.
Hans begroette hem en stelde zich in het Duits voor. 'Hallo, sorry dat ik stoor. Ik ben Hans, de vader van Niels. En dat is Berry, de vader van Thijs.' Hij wees op zijn overbuurman en overbuurjongen. 'De jongens trekken veel met elkaar op, maar vanavond kwam Thijs alleen thuis. Is Mats al terug?'
De jongen keek hem een beetje verveeld aan. 'Nee, ik heb hem nog niet gezien.'
'Ben jij zijn broer?'
'Ja.'
'Weet je misschien waar Mats is?'
'Waarschijnlijk de spelletjeshal, daar heb ik hem al vaker moeten ophalen.'
'Maar je weet het dus niet zeker?'
De jongen schudde zijn hoofd.
'En je ouders? Of ben je hier alleen met Mats?'
Hij legde het magazine neer en wuifde vaag met zijn hand. 'Mijn ouders zijn uit, ergens wat drinken. Die komen straks pas. Ik moet op Mats wachten en als hij terug is kan ik gaan. Of niet, ligt eraan of ik zin heb.'
Hans knikte. 'Dus Mats is er nog niet. En mijn zoon ook nog niet.'

De jongen haalde sloom zijn schouders op. 'Rustig aan, die komen straks echt wel.'
Hans voelde hoe kregelig hij werd van de broer van Mats, maar wist dat hij zijn kalmte moest bewaren. 'Kun je Mats misschien bereiken? Heeft hij een mobiele telefoon?'
Grijnzend keek de jongen hem aan. 'Dacht het niet. Die mag hij niet meenemen op vakantie. Verliest ie zeker en dat kost weer geld, weet je wel.'
'Maar hij is niet later dan anders?'
'Mwah. Omdat onze ouders weg zijn, zal ie het een halfuurtje later maken, maar hij weet ook dat ik hem aanpak als hij mij te lang laat wachten. Dat doet ie niet. Ze komen vast zo.'
Hans knikte, en zei: 'Bedankt, maar wij zoeken verder. Als Niels hier opeens opduikt wil je hem dan zo snel mogelijk naar onze caravan sturen?'
De jongen knikte en begon weer in zijn magazine te lezen.
Toen ze weer bij hun caravans waren zei Berry: 'Ik zal nog een rondje bij de hoofdingang lopen en hou daarna deze en de twee aangrenzende straten in de gaten. Dat scheelt jullie wat werk.'
'Dank je. Ik ga nog een keer naar het feestplein en de spelletjeshal en het achterste terrein van de camping.'
Petra stond op. 'Ik ga met je mee.'

Ze hadden nogmaals het plein bij het podium en het honk afgezocht. Hans stelde voor om naar de achteringang van de camping te gaan. Daar had hij nog niet gezocht en daar konden ze zich opsplitsen. Snel liepen ze over het brede, geasfalteerde pad.
Bij een zijweggetje naar rechts bleef Petra staan en zei: 'Wacht.'
Het viertal stond voor een bungalow. Toen Petra dichterbij kwam, zag ze dat het twee jongens en twee meiden waren die stonden te roken. Ze waren stuk voor stuk ouder dan Niels. Omdat ze zeker wilde weten dat ook Mats niet bij het groepje stond liep ze nog een

stukje door. Vier onbekende gezichten staarden haar aan.
'*Do you speak English?*'
'*Yes,*' antwoordde een van de meisjes.
'*Have you seen two little boys, eleven years old? One smoking?*'
De vier keken elkaar even kort aan.
'*No, sorry.*'
'*Are you sure? Because they didn't come home.*'
'*Yes, sorry, we don't know. What are their names?*'
'*Niels, my son, he's Dutch, and Mats. He's German.*'
'*We will have a look here.*'
'*Okay, thanks.*' Petra draaide zich om en riep: 'Vals alarm.'
Hans liep meteen door in de richting van de achteringang. Petra kwam achter hem aan.
'Ik ga naar links, jij neemt rechts,' riep Hans.
'Ja!'
Naast de weg rechts van haar lag een grasveld waarop tenten stonden. Veel vakantiegangers zaten nog voor hun tent en er was voldoende licht. Dit gold niet voor de weg die Hans had gekozen. Omdat de bungalows die langs die weg lagen met de achterkant naar het Gardameer waren gebouwd, was daar weinig licht.
Hoewel ze het niet had laten blijken, was Petra blij dat zij op dit stuk weg liep. Ze was niet bang in het donker, maar zeker ook geen held. De lichten vanaf het grasveld zorgden voor een goed zicht. Terwijl ze haar tempo iets verlaagde om er zeker van te zijn dat ze niets belangrijks over het hoofd zag, begon het schuldgevoel aan haar te knagen.
Dit had voorkomen kunnen worden. Thuis had Niels gevraagd of hij zijn mobiele telefoon mocht meenemen, maar dit had ze belachelijk gevonden. Een mobiele telefoon op een camping in Italië was nergens voor nodig. In een moment van onoplettendheid raakte je zo'n ding makkelijk kwijt en als je ermee belde kostte dat gegarandeerd bakken met geld. Ze had het sowieso wat vroeg

voor een mobiele telefoon gevonden, maar ze hadden er uiteindelijk goede afspraken over gemaakt. Nu had ze er spijt van dat ze hem niet kon bereiken.

Geconcentreerd keek ze nu naar de groepjes jongeren tussen de tenten. Er was een kans dat ze daartussen zaten. Snel liep ze het grasveld op en vroeg ook aan deze jongeren of ze twee jongens van elf hadden gezien. Niemand had iets gezien. Ze zaten al de hele avond hier. Petra liep terug naar het pad, waar aan de overkant struiken stonden om de camping aan het zicht van de weg langs het meer te onttrekken. Het zag er spookachtig en bedreigend uit. Ze voelde de angst toenemen. 'Niels, ben je daar?' Ze wachtte enkele seconden. 'Mats?'

Het bleef akelig stil.

12

Hans checkte de ruimtes tussen alle bungalows om te zien of de jongens zich misschien verstopt hadden. Opeens dacht hij een geluid te horen en bleef doodstil staan. Het geschreeuw kwam vanaf het meer en het zou bijna zeker een groep jongeren zijn die 's avonds op de steigers zat.
Onderweg had hij de teleurstelling van zich afgeschud dat Mats en Niels niet bij Mats' tent waren. Hij had het even zo gehoopt en hij had de broer van Mats graag geloofd, dat ze zo weer zouden opduiken, maar iets in hem zei dat er wat gebeurd moest zijn. Niels was nu bijna een uur te laat, dat was echt niets voor hem. En hoe groot de camping ook was, vanuit alle hoeken kon je toch wel, zeker met de fiets, in een kwartier bij hun caravan komen, dus zelfs als hij een beetje te laat was geweest, zou het geen uur zijn. De ongerustheid begon om te slaan in paniek.
'Niels, ben je daar?!'
Niets. Terwijl hij verder liep, keek hij snel op zijn horloge. Nog een kleine twee minuten voordat hij terug moest naar de plek waar hij met Petra had afgesproken. Zo te zien was hij nog lang niet bij het einde van dit pad.
'Niels, ben je daar?!'
Hij bleef meteen staan toen hij dacht de stem van zijn zoon te horen.
'Niels?'
Hij hield zijn adem in. Vanuit het struikgewas klonk geritsel. Hij aarzelde geen minuut en liep de bosjes in. Zijn hartslag steeg. Het

kon natuurlijk ook een opgeschrikt dier zijn, maar hij moest het zeker weten.
Opeens zag hij een gestalte tussen het struikgewas. Het silhouet van een volwassen man. Hans zette nog een paar stappen om hem te kunnen zien. Bij de voeten van de man zag hij een paar benen. Jongensbenen.
'*Non l'ho fatto*!' Met zijn handen omhoog liep de man langzaam naar achteren.
'Hier blijven!'
De man draaide zich van hem weg en begon zich moeizaam met wild maaiende armen een weg door het struikgewas te banen.
Hans wist niet wat hij moest doen. Hij moest weten of de jongen op de grond nog in leven was. Of het Niels was...
'Papa.'
Hans draaide zich wild naar waar het geluid vandaan kwam.
'Niels?! Waar je zit je?!'
'Hier, papa.' Niels zat een beetje verderop op de grond.
'Wat is er gebeurd? Ben je in orde?!'
Niels was intussen zijn kant op gekropen. Hans nam zijn zoon vlug in zijn armen en bekeek hem aandachtig. 'Ben je in orde? Heb je pijn?'
'Ik kon er niets aan doen,' fluisterde Niels in zijn oor.
Voordat hij hem geruststellend kon toespreken, stokte de adem in zijn keel. De jongen die nog op de grond lag, was niet in slaap gevallen. Stokstijf en met opengesperde ogen lag hij naast hen. Mats.
'O, mijn god,' mompelde hij. Langzaam duwde hij Niels van zich af, boog zich voorover en drukte twee vingertoppen tegen de halsslagader van het levenloze kind. Geen hartslag. Zijn eigen hart bonsde nu echter als een waanzinnige in zijn borstkast.
Hij nam een beslissing, legde zijn handen op de oren van Niels, trok hem tegen zich aan, haalde diep adem en riep zo hard als hij kon zijn vrouw.

13

Petra vloog over de kruising waar zij en Hans daarnet ieder hun eigen weg waren gegaan. Na honderd meter vertraagde ze haar tempo.

'Waar ben je?!'

De schreeuw van Hans had haar angstig gemaakt. Het was dus mis. Maar wat was er precies aan de hand? Die onzekerheid was even fnuikend als de angst.

'Ik ben hier. In de bosjes.'

Ze liep in hetzelfde tempo door en bleef geconcentreerd naar het struikgewas kijken. 'Is Niels bij jou?'

'Ja, blijf doorlopen. Ik kom naar de weg toe.'

Op een drafje liep ze langs de rand van de weg die naast het struikgewas lag. Ze probeerde zo diep mogelijk in het woud van takken te kijken.

'Ik zie niets. Waar zitten jullie toch?'

Omdat een reactie uitbleef, liep ze door.

'Hier!' Verschrikt keek ze op. Hans stond even verderop naar haar te zwaaien. Snel overbrugde ze de afstand.

'Waar is Niels?!' De gekmakende ongerustheid klonk in haar stem door.

'Hier. Kom met me mee.' Hans draaide zich om en maakte een pad voor hen vrij. De man was intussen verdwenen.

Petra ging naast Niels zitten en sloeg meteen haar armen om hem heen.

'O, mijn hemel. Wat is er met Mats aan de hand?'

Hans liep door. 'Blijf bij Niels. Ik ga achter die schoft aan die hier net was.'
Hij strekte zijn armen om zich tegen de takken te beschermen en maakte snelheid. Na enkele meters bemerkte hij dat het struikgewas dichter werd. Toch liet hij zich niet tegenhouden door de takken die langs zijn lichaam zwiepten en hem tientallen kleine schaafwonden bezorgden. Achter het struikgewas doemde opeens een hek op van stevig gaas. De twee meter hoge afzetting liep langs de hele achterkant van het park. Hij keek naar links en rechts, maar kon de man niet meer zien. Hij moest dus over het hek zijn geklommen, maar dat was bijna onmogelijk. Bovendien was de man niet erg snel geweest. Zou hij zich opnieuw in het struikgewas verstopt hebben? Uit frustratie schopte hij tegen de afrastering. Een paar meter verderop tikte een stuk van het hek nog na van zijn trap. Alsof het loszat. Hij liep erop af, trok het naar zich toe en glipte door de opening het terrein af.
Toen hij op het pad stond zag hij de man ongeveer vijftig meter voor hem uit lopen. Hij zigzagde over het pad, alsof hij dronken was. Hij had lang haar dat over zijn schouders viel en droeg een lange jas. Opmerkelijk op zo'n warme avond. Hans zette aan en rende achter de man aan.
Een groep jongeren liep breeduit over het pad en versperde de zwerver de weg. De man bleef staan en hief zijn armen ten hemel.
'*Sono innocente*!'
In plaats van opzij te stappen, liepen twee jongeren uit de groep dreigend op hem af. Toen ze vlak voor hem stonden duwden ze hem ruw opzij. De man wankelde en bleef met veel moeite op de been. De jongeren lachten.
Dit is mijn kans, dacht Hans. 'Hou hem vast, *hold him*!'
De zwerver schrok van zijn schreeuw en keek schichtig om zich heen. Omdat de jongeren geen aanstalten maakten om hem door te laten en Hans de terugweg versperde, zag hij geen andere uit-

weg dan in de richting van het meer een steiger op te rennen.
'*Hold him*!' probeerde Hans nogmaals.
Moeizaam en waggelend rende de zwerver naar het einde van de steiger. De jongeren keken lichtelijk verbaasd, maar ook geamuseerd toe en staken geen poot uit. Hans moest hierdoor blijven rennen.
Toen de zwerver bijna bij het einde van de steiger was, verstapte hij zich. Door zijn snelheid bleef hij nog even op de been, maar uiteindelijk verloor hij zijn evenwicht. In volle vaart en met zijn hoofd naar voren, knalde hij tegen een paal. Zonder een geluid te maken viel hij in het water.
Hans rende ook de steiger op en stopte op de plek waarvan hij dacht dat de zwerver daar te water was geraakt. Met een breed armgebaar maakte hij aan de jongeren duidelijk dat hij hulp nodig had. Niemand verroerde zich. Wat moest hij doen? Erin springen of de man aan zijn lot overlaten? Het was niet diep, maar hij moest even goed kijken voordat hij een been onder de steiger vandaan zag komen. Opeens zag hij het gezicht van Mats weer voor zich. Vermoord door het monster dat nu in het water lag. Moest hij nog wel proberen het leven van deze schoft te redden, was dat het nog wel waard?
Hij twijfelde nog even, maar toen namen zijn geweten en gezonde verstand het over. Hij mocht geen eigen rechter spelen, hoe aanlokkelijk dit ook was. De man zou zijn straf nog wel krijgen. Bovendien moest hij ondervraagd worden. Anders zouden de ouders van Mats nooit te weten komen waarom hun zoon moest sterven. Hij sprong het donkere water in. Ver genoeg om het lichaam van de zwerver niet te raken. Het water reikte tot aan zijn middel, waardoor hij de man makkelijker aan de kant zou moeten kunnen krijgen. Hij draaide zich weer om naar de steiger en zag een voet uitsteken. Hij greep hem vast en trok de man aan zijn been onder de steiger vandaan. Omdat hij op zijn buik in het water lag, kon Hans zijn gezicht niet meteen zien. Toen hij het hoofd boven water kreeg, keek hij voor de tweede keer die avond naar het gezicht van een dode.

14

'Duurt het nog lang, mam?'

Petra trok Niels nog wat steviger tegen zich aan. Ze begreep zijn ongeduld en vond het al geweldig dat hij zich zo kranig hield. Wat hij had meegemaakt was afschuwelijk en dus was het niet vreemd dat hij weg wilde.

Ze keek op haar horloge. Het was inmiddels meer dan een uur geleden dat Hans weer in het struikgewas was opgedoken. Ditmaal in het bijzijn van twee politieagenten. Na hun hereniging werden zij in een politiewagen gezet en naar het politiebureau in Verona gebracht. Daar werden zij opgewacht door de rechercheurs: Filippo Tardelli en Carlo Martuccia. Tardelli was de oudste van de twee en leek de mentor van de jongere Martuccia die ze zo rond de dertig had geschat. Ze waren erg aardig. Even later meldde Karin Goudsbloem zich. Zij was een Nederlandse die in Verona woonde en als tolk voor de politie werkte.

Samen met Niels moest ze plaatsnemen in een kamer waarin verder nog vier stoelen en een tafel stonden. Hans ging voor verhoor mee met de rechercheurs. Hoewel Martuccia Engels sprak, vergezelde Karin hen.

Na een halfuur werd de deur geopend en kwam Karin binnen. Hans kwam achter haar aan.

'Zo,' sprak de Nederlandse opgeruimd. 'Nu jullie nog en het zit erop.'

'En daarna?' wilde Petra weten.

'Ik denk dat ze jullie dan gewoon naar jullie vakantieadres bren-

gen.' Meteen maakte ze een verontschuldigend gebaar. 'Maar dat weet ik nog niet zeker. Ik denk het.'
Petra stond op. Omdat Niels bleef zitten, trok ze hem zachtjes overeind. 'Kom op, lieverd. Wij gaan even een praatje maken en dan naar huis.'
'Papa moet mee.'
Hans liep naar zijn zoon toe en wreef hem over zijn bol. 'Ik weet dat je een grote vent bent, ik ben trots op je. Doe me nog een plezier en ga met mama mee. Ik ben er net geweest en het zijn heel aardige mensen.'
Met zichtbare tegenzin kwam Niels overeind en liet zich door Petra naar de aangrenzende kamer leiden.
'Neem plaats, alstublieft,' zei Carlo Martuccia in het Engels toen ze de kamer binnenkwamen. Tardelli knikte vriendelijk. Martuccia wees op de stoelen die voor zijn bureau stonden. Toen ze zaten, begon hij tegen Karin in het Italiaans te spreken.
'Niels, deze meneer heet Carlo Martuccia,' zei ze even later. 'Hij werkt bij de politie en wil jou graag helpen. Ook wil hij jou een paar vragen stellen. Die andere meneer heet Filippo Tardelli en hij gaat misschien ook vragen stellen. Maar wel in het Italiaans, want hij spreekt niet zo goed Engels. Ook meneer Martuccia zal de meeste vragen in het Italiaans stellen die ik dan weer vertaal.'
Niels bleef ongemakkelijk naar beneden kijken.
Martuccia zei weer iets tegen Karin, wat zij meteen vertaalde.
'Zou jij willen vertellen wat jij en Mats vanavond hebben gedaan?'
Niels werd opeens schichtig. Hij drukte zijn gezicht tegen Petra's borst, schudde met zijn hoofd en begon stilletjes te snikken.
'Nee... nee.'
Martuccia stelde nog een vraag.
'Is er dan misschien iets anders wat je wilt vertellen?' vroeg Karin met een warme glimlach aan Niels. Hij drukte zijn gezicht nog steviger tegen Petra aan en het snikken ging over in huilen.

Karin keek naar Martuccia die begrijpend knikte. Op het gehuil van Niels na was het stil in de kamer. Martuccia wisselde een blik met zijn collega en keek toen op zijn horloge. Hij richtte zich tot Petra.
'De dokter kan hier elk moment arriveren. Wij willen dat Niels een kort, lichamelijk onderzoek ondergaat. Als dat is afgelopen kunt u terug naar de camping.'
'Nog even doorzetten, lieverd,' fluisterde Petra. 'De dokter kijkt je straks even na en dan mogen we terug naar de camping.' Na deze woorden klopte ze Niels goedkeurend op zijn schouder.
Niels knikte sloom. Hij stopte met huilen en de opluchting was van zijn gezicht af te lezen.

15

In het gezelschap van Karin stapte Hans de volgende morgen om negen uur het kantoor van Carlo Martuccia binnen. Petra en Niels bleven in een ander kantoor op hem wachten. Ongeveer een uur geleden waren ze door twee rechercheurs in burger opgehaald en Karin had hun bij aankomst in het politiebureau verteld dat de rechercheurs van plan waren alleen een gesprek met Hans te voeren. Ze moesten nog wat meer van hem weten over wat er de avond ervoor precies gebeurd was.

Carlo Martuccia en Filippo Tardelli wisselden wat beleefdheden uit toen Hans tegenover hen plaatsnam.

'Naar aanleiding van uw verklaring van gisteren hebben wij nog wat vragen,' begon Martuccia in het Engels. Hans begreep dat deze mensen hun werk moesten doen, maar wat kon hij nog meer vertellen dan hij de vorige dag al had gedaan? Wat moest hij daar nog aan toevoegen?

Martuccia tikte met zijn nagel op een map die naast hem lag. 'Uit het medisch rapport blijkt dat er geen aanwijzingen of sporen zijn dat uw zoon seksueel is misbruikt of ander lichamelijk letsel heeft opgelopen. Dit is natuurlijk een voorlopig rapport. In de loop van het onderzoek kunnen zich altijd nieuwe feiten aandienen. Vooral omdat Niels zelf nog niets heeft kunnen vertellen.'

Hans slaakte een zucht van opluchting.

'Heeft Niels tegen u of uw vrouw nog iets gezegd wat wij niet weten?' vroeg Martuccia. Hans schudde z'n hoofd. 'We hebben wat onrustig geslapen, maar toch een paar uur, dat vond ik al heel wat

na die helse avond. Niels was kapot. Hij heeft ons niets verteld, maar we hebben ook niet aangedrongen.'
'Ik wil terug naar het begin. Het moment waarop u iets in de bosjes hoorde.'
'Mag ik dit in het Nederlands vertellen?'
Karin knikte en zei iets tegen Martuccia, die reageerde met '*prego*'.
'Ik hoorde geritsel. Ik ben meteen het struikgewas in gegaan terwijl ik Niels riep en toen zag ik dat verschrikkelijke tafereel. Eerst het silhouet van een voorovergebogen man. Toen ik dichtbij kwam hield hij zijn armen omhoog. Hij zei iets in het Italiaans, hij klonk bang. Alsof ik hem betrapte. Toen zag ik eerst de jongensbenen. Ik liep erop af en riep Niels. Toen hij reageerde zag ik hem niet meteen, maar hij bleek een paar meter verder op de grond ineengedoken te zitten. Ik heb hem zo snel mogelijk in mijn armen genomen. Toen zag ik ook dat de jongen die op de grond lag Mats was. Hij had zijn ogen open. Ik voelde in zijn hals of er nog een hartslag was, maar die was er volgens mij niet. Toen heb ik Petra geroepen om op Niels te passen, en ben ik achter die schoft aangerend.'
'Waarom is uw zoon, toen u hem riep, niet eerder opgestaan en naar u toe gerend?'
Hans haalde zijn schouders op. 'Omdat hij doodsbang was, dat lijkt me nogal logisch. Bovendien was die man er nog toen ik de bosjes in kwam. Misschien hield hij zich ook zo stil om niet het volgende slachtoffer te worden.' Hans begon een onbehaaglijk gevoel te krijgen. 'Wat is dit voor rare vraag? Hij heeft zeer waarschijnlijk zijn vriendje vermoord zien worden. Hij heeft de man gezien die het gedaan heeft. Natuurlijk durfde hij zich niet te verroeren. Als hij dat zou doen, was de kans groot dat die schoft hem ook pijn ging doen.'
'Dat is uw redenatie.' Karin vertaalde Tardelli's reactie.
Hans hief zijn hand. 'Nee, dat is de redenatie van een angstige jongen van elf jaar oud die voor zijn leven vreest.'

‘Het is een interpretatie,’ antwoordde Tardelli. ‘Laten we het daar voorlopig maar op houden.’
Hans keek de rechercheur verbaasd aan. ‘Wat bedoelt u eigenlijk? Het is toch zonneklaar? Mats is vermoord door een zwerver die verdronken is. Wat is hier onduidelijk aan?’
‘De bewijsvoering,’ reageerde Martuccia meteen. ‘Tot nu toe is er geen onomstotelijk bewijs gevonden dat erop duidt dat de inmiddels overleden verdachte de moord ook daadwerkelijk heeft gepleegd. Zolang dat zo blijft, houden wij alle opties open.’
Hans keek hem vol onbegrip aan. ‘Is dit soms het perfecte voorbeeld van Italiaanse bureaucratie?’
Martuccia negeerde de provocerende vraag.
‘Waarom blijft Niels zwijgen?’ vroeg Tardelli. ‘Zoals u stelt is de vermoedelijke moordenaar dood, dus kan ik geen enkele reden bedenken waarom hij volledig dichtklapt. Of het moet zijn dat hij iemand beschermt. Zolang we zijn versie niet hebben gehoord, zullen we nooit precies weten wat er zich in de bosjes heeft afgespeeld. Voor en na uw komst.’
Hans pakte de leuning van de stoel vast om zichzelf te dwingen niet van verontwaardiging op te springen. ‘Wat?! Durft u hier echt te insinueren dat ik iets met deze walgelijke moord te maken heb?’
Tardelli schudde zijn hoofd. ‘Ik insinueer niets. Zoals mijn collega daarnet al stelde, belichten wij alle invalshoeken. Er is nog geen bewijs gevonden dat de overledene de moordenaar is, houd daar vooral rekening mee.’
Hans zuchtte. ‘Dit is echt ongelofelijk...’
De rechercheurs overlegden onderling. Even later gaf Martuccia hun instructies aan Karin door.
‘De heren stoppen dit gesprek,’ meldde ze. ‘U kunt nu gaan, maar wordt weer op het bureau verwacht om vier uur vanmiddag. Dan heeft Niels namelijk een gesprek met onze psycholoog.’
Hans keek Martuccia aan. ‘Hoe lang duurt het nog voordat wij

naar huis kunnen? Ik heb alle begrip voor uw onderzoek, maar u moet ook kunnen begrijpen dat mijn gezin en ik naar ons eigen huis verlangen. Wij zijn door een hel gegaan en willen rust.'

Martuccia knikte. 'Vandaag blijft u nog hier. Wij vinden het belangrijk dat Niels een gesprek heeft met onze psycholoog. We wachten zijn analyse af en nemen morgen contact met u op.'

Hans stond op, gaf de rechercheurs een hand en verliet samen met Karin het kantoor. Toen de deur achter hem werd gesloten, werd het unheimische gevoel sterker. Hij was het kantoor binnengekomen als een soort slachtoffer, maar verliet het nu als een mogelijke dader. Het voelde als een groot onrecht.

Hij onderdrukte een vloek. *Dit is toch niet te geloven. Hoe halen ze het in hun hoofd om mij te verdenken? Ik heb nota bene actie ondernomen om mijn kind te beschermen. Wat zijn dit voor een stelletje idioten? Waar zijn ze in hemelsnaam mee bezig?*

Toen hij met zijn gezin werd herenigd, glimlachte hij schaapachtig om hen gerust te stellen. Misschien ook wel om zichzelf gerust te stellen.

16

Augustus

Hans kwam de woonkamer binnen en liep meteen door naar Petra die achter haar laptop zat. Hij kuste haar op haar wang.

'Dag, schat. Hoe was je dag?'

Petra haalde haar schouders op. 'Niets bijzonders. Na de vakanties komen de verkopen altijd langzaam op gang.'

'En ik kom om in het werk, heb als een bezetene gewerkt vandaag en toen kwamen er na zessen nog twee afspraken bij,' antwoordde hij quasiverongelijkt.

'Arme jongen.'

Hans glimlachte even. In feite had de afleiding van het werk hem goed gedaan, want hoewel hij ook graag thuis wat meer tijd had doorgebracht, vond hij het nog lastig om met de situatie om te gaan. Terwijl hij Petra vragend aankeek, knikte hij en keek even naar Niels die op de bank tv zat te kijken.

Petra knikte een paar keer om aan te geven dat het wel oké was geweest vandaag.

Na het gesprek van Niels met de Italiaanse psycholoog in het politiebureau van Verona waren ze door een politiewagen voor hun caravan afgezet. Karin was ook meegereden.

Niels bleef stil. Omdat ze niets wilden forceren en zagen hoe angstig hij was, boden ze hem aan om bij hen in bed te komen, wat hij maar al te graag accepteerde.

Nadat Martuccia gebeld had dat ze zich niet langer beschikbaar hoefden te stellen, waren ze de volgende dag in de voormiddag vertrokken. Terug naar de rust en veiligheid van hun huis.

Tot hun verdriet hield Niels ook tijdens de terugreis zijn mond. Hij speelde op de Nintendo en keek af en toe naar buiten. Ze hadden hem vragen gesteld, maar het werd hen spoedig duidelijk dat Niels voorlopig niets zou zeggen. Ook over het gesprek met de psycholoog liet hij niets los. Toch hadden ze niet het gevoel dat hij het als een naar gesprek had ervaren. Gelukkig maar, want elke negatieve impuls was er eentje te veel. Hij had zijn portie wel gehad. Eenmaal thuis trok hij zich terug in zijn kamer en kwam 's avonds pas naar beneden om te eten en televisie te kijken.
Als hij sliep, bespraken Hans en Petra de situatie. Het was duidelijk dat het niet goed ging met Niels en zij dit niet zelf konden oplossen. Tijdens een aantal telefoontjes die Hans had gevoerd met politieagenten die hij regelmatig behandelde en met wie hij vriendschappelijk omging, kwam steeds dezelfde naam opduiken. Door de politie in deze regio werd Irene Gerritsen regelmatig ingeschakeld voor slachtofferhulp. Zij was een ervaren therapeute van achter in de veertig en iedereen was lovend over haar werkwijze.
Na overleg met Petra nam Hans contact met haar op. Hij vertelde het verhaal en Irene stelde voor Niels eenmaal per week voor een sessie van ongeveer een uur langs te laten komen. Na afloop hiervan zou zij de ouder die hem kwam halen even apart nemen om het een en ander door te nemen. Vandaag had Petra Niels gebracht en na afloop van de sessie met Irene gesproken.
Niels maakte na een uurtje aanstalten om naar bed te gaan. Hans stond direct op van zijn stoel en spreidde zijn armen. 'Geef me een lekkere pakkerd, stoere bink.'
Niels glimlachte flauwtjes en kuste zijn vader op diens wang.
'Ik hou van je,' zei Hans.
'Ik ook van jou,' antwoordde Niels een beetje bedeesd. Hans keek op de klok die boven de tv aan de muur hing. Niels zag het en grijnsde. Hij was er weer in geslaagd wat later naar bed te gaan dan de afgesproken tijd. Hans woelde nog even door het haar van

zijn zoon en Petra stond op om hem boven nog een nachtzoen te geven.
Toen ze weer naar beneden kwam, sloot ze zacht de kamerdeur en ging tegenover Hans zitten.
'Had Irene nog wat te melden?' vroeg hij zacht. Petra knikte.
'Ze denkt dat Niels iets achterhoudt. Dat hij een geheim heeft dat hij niet wil of kan delen. Althans, het is in zijn belevingswereld een groot geheim. Maar het kan ook wél om een serieus probleem gaan.'
'Dat zou ik gezien de gebeurtenissen wel denken, ja, al hoop ik het niet,' bromde Hans.
'Zo kijkt Irene er ook tegenaan. Tenslotte heeft hij een verschrikkelijke ervaring achter de rug. Niels is op het moment nog steeds lastig te doorgronden en ze wil niets forceren. Ze is ervan overtuigd dat hij er zelf mee gaat komen. Alleen wanneer... dat is het probleem.'
'Kunnen wij iets doen? Er met hem over praten, of zo?'
Petra schudde haar hoofd. 'Ze heeft me uitdrukkelijk gevraagd dit niet te doen. Het moet min of meer spontaan van hem komen, dan is het oké om erop door te gaan. Tot die tijd moeten we gewoon geduld hebben.'
Hans balde zijn vuisten. Petra legde haar hand op de zijne. 'Ik begrijp hoe jij je voelt. Geloof me, ik voel me ook slecht.'
'Slecht is niet het juiste woord,' siste hij tussen zijn tanden. 'Ik voel me zo ontzettend machteloos. En daardoor schuldig. Dat ik niet bij machte ben mijn eigen zoon te beschermen.' Zijn ogen liepen vol. Hij veegde een traan weg en haalde zijn neus op. 'Het heeft dus zijn tijd nodig,' zei hij.
Petra beaamde het en legde haar armen om hem heen. 'We komen er wel doorheen, als we het maar samen doen.'
Hans haalde nog een keer zijn neus op en slikte. 'Ik hou van je.'
'Ik ook van jou.'

17

September

Evenals het merendeel van zijn collega's stond rechercheur Carlo Martuccia op en verliet de kantine van het politiebureau. In het begin van het jaar had de provincie besloten een reorganisatie, die al een tijdje op de plank had gelegen, toch door te voeren. Op justitie moest worden bezuinigd, wat betekende dat de politiekorpsen rond het Gardameer moesten inkrimpen en verschillende afdelingen werden geïntegreerd. In de praktijk betekende dit dat een aantal posten in kleine dorpen werd opgeheven en dat afdelingen werden samengevoegd, waardoor er op het budget kon worden bespaard en er beter werd samengewerkt.

Tot ieders verbazing werd het politieke initiatief een succes. De lijnen onderling tussen de afdelingen werden korter, wat een hoop tijd, administratie en extra werk bespaarde. De briefing die voorheen per afdeling werd gehouden, stond nu op het gezamenlijke programma. De commissaris leidde deze besprekingen met strakke hand, waardoor oeverloos overleg en inefficiëntie werden voorkomen. Elke afdeling had een woordvoerder die de stand van zaken voorlegde. Alleen als afdelingen een idee wilden aandragen waarmee een andere afdeling haar voordeel kon doen, kregen zij de kans de spreker te interrumperen.

Martuccia liep met de stroom mee naar buiten. Zoals zijn chef daarnet tijdens zijn spreektijd aan het voltallige korps had verklaard, was de moordenaar van de elfjarige Mats bekend. Door zijn dood was deze zaak opgelost en gesloten, maar waakzaamheid bleef geboden. Met name tijdens de start van het seizoen in april zouden de campings weer vollopen met kinderen, en op deze wereld liepen jammer genoeg meer zieke geesten rond dan er in gesloten inrichtingen of gevangenissen zaten. Het overgrote deel van de aanwezigen had instemmend geknikt. Zij zouden hun ogen extra openhouden, één zo'n drama was eens en voor altijd genoeg. De mensen van zijn afdeling hadden weliswaar geen vin verroerd en de speech van hun chef over zich heen laten komen, maar ze waren ervan overtuigd dat hij onzin uitkraamde.

De achtenveertigjarige Ottavio Galli mocht dan aan de gevolgen van een hoofdwond zijn overleden, daarmee was 'Het monster van Garda', zoals de sensatiepers hem betitelde, nog niet van deze wereld verdwenen. Op een aantal punten konden ze zeer aannemelijk maken dat Ottavio Galli niet de moordenaar was, maar het keihard bewijzen konden ze niet. Er waren vingerafdrukken van hem en van de Nederlander op Mats gevonden, maar de afdrukken hadden geen direct verband met de doodsoorzaak en waren te verklaren aan de hand van wat Hans Kolwijn hun had verteld. De commissaris had niet gelogen toen hij het over de aanwezigheid van Galli's vingerafdrukken op Mats' lichaam had gehad, hij had alleen achterwege gelaten dat ze niet overeenkwamen met het patroon van wurging. Ze moesten de zaak zo snel mogelijk afronden om de gemoederen te bedaren. Een groot deel van de bevolking in de regio rond het Gardameer leefde van het toerisme. Als ze naar buiten brachten dat de moordenaar nog ergens vrij rondliep zou dat voor grote politieke en economische beroering zorgen.

Martuccia verliet het politiebureau en keek op zijn horloge. Het was kwart over vijf. Tijd om op huis aan te gaan. Terwijl hij naar zijn auto liep, bleven de vragen waar hij maar geen antwoord op kreeg door zijn hoofd spoken.

Wat had de zwerver op dat tijdstip op die plek te zoeken? Waarschijnlijk had hij een poging willen doen op de camping wat etensresten of drank bij elkaar te scharrelen. Hij had een strafblad waarop enkel wat onschuldige delicten stonden vermeld zoals openbare dronkenschap en ordeverstoring. In zijn dossier wees niets op seksuele afwijkingen of pedofilie, maar dat hoefde niets te zeggen. Het hek was met een scherp voorwerp uiterst zorgvuldig doorgesneden, een nauwkeurige handeling die waarschijnlijk vooraf was bedacht en uitgevoerd. De zwerver had geen gereedschap op zak en had sowieso weinig bezittingen gehad. Hij moest het gat dus toevallig opgemerkt hebben en had op hoop van zegen het terrein van de camping betreden. Ten slotte waren er nog de resultaten van de technische recherche. De afwezigheid van vingerafdrukken op de wurgplekken gaf aan dat de dader handschoenen gedragen moest hebben toen hij het kind wurgde. Weer een aanwijzing dat de moord vooraf zorgvuldig gepland was. Galli had geen handschoenen aangehad. Misschien weggegooid, maar geen enkele getuige had hem handschoenen zien dragen en ze hadden het hele campingterrein uitgekamd op zoek naar bewijsmateriaal, zonder iets te vinden. Godzijdank waren er geen sporen van seksueel misbruik gevonden. Hierdoor was het nog moeilijker vast te stellen waarom de jongen was vermoord. Of het moest geestelijke seksuele bevrediging van de dader zijn, wat niet te bewijzen viel. In elk geval niet nu. Ook het sporenonderzoek op de kleding had niets opgeleverd.

Martuccia voelde hoe iemand een hand op zijn schouder legde. Hij draaide zijn hoofd opzij en keek in het gezicht van Filippo Tardelli.

'Zo Carlo, loop je weer te piekeren?' Tardelli gaf hem niet de kans op een bevestiging of ontkenning. 'Ik hoef jouw gedachten niet eens te raden. Ik ken ze van a tot z.'

Martuccia grijnsde schaapachtig. 'Dat lijkt me niet zo moeilijk.'

Tardelli trok aan zijn arm. 'Ik neem aan dat jij geen dringende afspraak hebt?'

'Ik ga naar huis.'

'Ah, het gezin. Dat is heel belangrijk, maar niet dringend. Kom op, wij gaan een ritje maken. Ik wil je voorstellen aan iemand die jouw zelfvertrouwen gaat opvijzelen.'

Tardelli wees naar zijn auto, een lichtblauwe Fiat. Even later stapten ze in.

Onderweg werd er niet gesproken. Tardelli concentreerde zich op het drukke verkeer en Martuccia peinsde over wie ze straks zouden ontmoeten, maar kon niemand bedenken. Eenmaal uit Verona stopte Tardelli voor een supermarkt.

'Ben zo terug.'

Vijf minuten later kwam hij terug met een fles wijn in zijn hand. Hij stapte in, stopte de fles in zijn tas en startte de auto. 'Ik zie de twijfel in je ogen, Carlo. Het is een ziekte waarmee wij allemaal vroeg of laat te maken krijgen.'

Martuccia zweeg.

'Jij bent nog jong, maar je hebt het in je om een goede rechercheur te worden,' ging Tardelli verder op dezelfde, rustige toon van een vader die het beste met zijn zoon voorheeft. 'Ga af op de bewijslast en je instinct. Volg eventuele ingevingen, die zijn vaak zo gek nog niet. Maar bovenal, vergeet de onzin die onze chef vanmiddag heeft uitgekraamd. Dat was gebral dat de meute gerust moest stellen.' Hij zuchtte hardop. 'Ik begrijp dat de leiding hiertoe heeft besloten om eventuele geruchten keihard de wereld uit te helpen. Aan de andere kant vraag ik me af of de top zich realiseert wat een groot risico ze nemen.'

Martuccia knikte. Hij was het volledig met zijn collega eens. Wat deze streek zo welvarend had gemaakt, werkte nu in hun nadeel. De moordenaar kon in heel Europa rondlopen, maar het kon ook iemand uit Milaan, Turijn of Rome zijn. Of die vriendelijke buurjongen uit Peschiera zelf die zijn plan goed had voorbereid. Mocht de moordenaar nogmaals toeslaan, helemaal als het hier in de buurt gebeurde, dan was de ellende op heel veel fronten niet te overzien.

'We zijn er,' zei Tardelli en hij draaide een grote parkeerplaats op. Hij stopte de auto op een van de parkeerplekken die het dichtst bij de ingang van het waterpark lagen. Nadat ze waren uitgestapt, liep Tardelli naar de ingang van een tunnel die onder de weg door liep en uitkwam op het pleintje voor de ingang van het waterpark. 'Doe me een lol en laat mij het woord voeren, oké?'
Martuccia bleef naast hem lopen en knikte. Hij was benieuwd waar deze wandeling hen zou brengen en deed zijn best zo neutraal mogelijk te kijken.
Ongeveer in het midden van de tunnel zat een man. Tardelli bleef recht voor hem staan.
'Goedemiddag, Professor.'
De man knikte hen beiden vriendelijk toe. 'Goedemiddag heren, wat kan ik voor u doen?'
'Wij willen even praten. Dit is mijn collega, Professor. Een goede kerel voor wie ik insta.'
Martuccia glimlachte tegen de zwerver die nogmaals beleefd tegen hem knikte. Hij vroeg zich af of Tardelli soms een grap met hem uithaalde. Mocht dit zo zijn, dan zou hij het spelletje voorlopig meespelen.
'Voor wat, hoort wat,' zei Tardelli bijna plechtig. Hij overhandigde de zwerver de fles wijn.
De man draaide de dop van de fles, nam een slok en zuchtte tevreden. 'Zeg het eens, Filippo. Zolang de antwoorden op je vragen mijn mensen niet in gevaar brengen, zal ik niet aarzelen je die antwoorden te geven.'
'Wij komen voor Ottavio Galli, de overledene die verdacht wordt van de moord op een elfjarige Duitse jongen.'
'Ik weet het, wat een vreselijk verhaal.' Hij schudde bedroefd met zijn hoofd.
'Kunt u ons iets meer over Ottavio Galli vertellen?'
Voordat de man antwoord gaf, staarde hij even voor zich uit. 'Otta-

vio Galli dook ongeveer drie jaar geleden op in ons rayon.' Hij keek Tardelli vragend aan en knikte in de richting van Martuccia. 'Is het wellicht verstandiger als ik vooraf het een en ander duidelijk maak over het reilen en zeilen in onze wereld van dak- en thuislozen?'

'Dat lijkt me een goed idee,' antwoordde Tardelli.

'Als een onbekende thuisloze regelmatig wordt gesignaleerd in wat wij "ons rayon" noemen, krijgt deze vreemdeling een uitnodiging zich te melden bij de Raad. Dit orgaan komt wekelijks bij elkaar voor een vergadering en bestaat uit drie mannen die een hoog aanzien genieten bij de mensen die deel uitmaken van onze maatschappij der thuislozen. Tijdens zo'n gesprek stellen wij de nieuweling een aantal uiteenlopende vragen. Hiermee proberen wij een inzicht te krijgen in de achtergrond van de nieuweling en wat we kunnen verwachten. In het geval van Ottavio waren wij snel klaar. Hij werd met liefde in onze maatschappij opgenomen. Zoals de traditie voorschrijft gaf de voorzitter van de Raad hem twee weken na dit gesprek zijn nieuwe naam. Na overleg met meerdere leden van onze gemeenschap besloten wij Ottavio verder als de Nobele door het leven te laten gaan.'

Martuccia moest moeite doen om de man niet uit te lachen. Blijkbaar had de zwerver dit opgemerkt, want hij richtte zich speciaal tot hem.

'Ik begrijp dat dit belachelijk in uw oren klinkt. Het is echter zo dat iemand die zich niet aan onze regels houdt, direct uit onze gemeenschap wordt verbannen.'

'En die regels zijn?' vroeg Martuccia, nu met een serieus gezicht.

'Er zijn verschillende soorten regels. Bijvoorbeeld alles wat te maken heeft met criminele activiteiten. Het is onze leden verboden zich bezig te houden met criminaliteit. Die kunnen namelijk onherstelbare schade aanrichten aan onze kleine maatschappij. Geloof het of niet, maar wij laten niet zomaar iedereen toe in onze gelederen.'

'Wat is dan het voordeel van zo'n gemeenschap? Veel mensen

leven niet voor niets op straat. Ze passen niet in een maatschappij, anders zouden ze wel een dak boven hun hoofd hebben. Bovendien heb je genoeg aan je hoofd om in leven te blijven.'

Tardelli gaf Martuccia een elleboogstoot. 'Vergeef mijn bevooroordeelde collega. Hij is nog jong.'

De Professor glimlachte en knikte. 'Het zijn inderdaad veelgehoorde vooroordelen. Niet iedereen die op straat leeft doet dat vrijwillig, of is een slecht mens en zou niets beters verdienen. Hoewel de vraag over het voordeel van onze gemeenschap legitiem is. Ik kan het u kort uitleggen: respect, saamhorigheid en bescherming. Juist datgene wat hen door "de maatschappij" ontzegd is. We geven onze leden weer het gevoel mens te zijn, zij het met wat beperkingen in het leven. Maar die zijn allemaal van vluchtige, wereldse aard.'

Martuccia wilde graag reageren, maar zweeg. Tenslotte waren ze hier niet gekomen voor een lezing over de details van het zwerversbestaan. Hij bedacht hoe hij het gesprek een andere wending kon geven.

Blijkbaar ging er in het hoofd van Tardelli min of meer hetzelfde om, want hij zette de conversatie weer op het goede spoor. 'Terug naar Ottavio, Professor. Wat was in hoofdlijnen zijn achtergrond en wat was hij voor een mens?'

'In de burgermaatschappij werkte hij als accountant. Hij was gelukkig getrouwd en zes jaar na hun huwelijk kwam het langverwachte kindje, een dochter. Na een slopende ziekte stierf zijn vrouw. Ottavio werd eerst gek van verdriet. Hij dronk meer dan goed voor hem was en verloor zichzelf tijdens de alcoholische roes in weemoed, angst voor de toekomst en zelfbeklag. Daarna volgde het zelfverwijt. Dat begon zo'n grote plek in zijn denkwijze in te nemen dat hij zichzelf en zijn dochter op vele fronten verwaarloosde. Hij was ervan overtuigd dat het zijn schuld was dat zijn vrouw was overleden, niet die van de ziekte die in haar lichaam woekerde. Hij, en niemand anders, had tijdens het ziekteproces

adequater moeten optreden. In plaats van de door de artsen uitgestippelde weg te behandelen, had hij zich moeten wenden tot de beste specialisten ter wereld. Dan had ze een goede kans gehad. Hij had haar lot in de handen van lokale medici gelegd en deze dokters hadden haar niet meer kunnen redden. Zij hadden geen fouten gemaakt, zij hadden volgens het protocol gewerkt. Hij had tussentijds dus moeten ingrijpen, een onvergefelijke fout waarmee hij zichzelf dag en nacht confronteerde.
Een paar weken na zijn ontslag kreeg hij bezoek van de kinderbescherming. Uiteindelijk namen ze hem datgene af waarvan hij zielsveel hield. Murw door alle tegenslagen belandde hij op straat en in onze gemeenschap.'
'Waarom de Nobele?' wilde Tardelli weten.
'Omdat die naam bij hem paste. Ottavio was een fijngevoelig, beleefd mens die voor iedereen een vriendelijk woord had. Ondanks zijn drankprobleem probeerde hij nog steeds voor zijn omgeving te zorgen.'
'Hoe was hij met kinderen?'
'Een ware kindervriend. Zelfs tegen kinderen die hem op straat uitscholden bleef hij vriendelijk. En ik wil benadrukken dat ik "vriendelijk" in de goede zin van het woord bedoel, heren.'
Dit deel van Galli's verleden kenden ze al. Ook wisten ze dat hij een dochter had. Ze woonde bij een ver familielid in Rome en had geen contact meer met haar vader. Volgens de rechercheurs die met haar hadden gesproken, was ze daar helemaal niet rouwig om geweest. Triest, dacht hij.
'Dus u denkt dat Ottavio niet de moordenaar is?' vroeg Tardelli.
'Daarvan ben ik overtuigd. Sterker nog, daar zou ik mijn leven om durven verwedden. Het is ondenkbaar dat Ottavio een kind ooit wat zou aandoen. '
'Daar zegt u nogal wat. Het kan zijn dat hij zijn verdriet geprojecteerd heeft. Dat hij eigenlijk heel boos was omdat hij zijn dochter

niet mocht zien, of zij hem niet wilde zien.'
De man nam een slok uit de fles. 'Tja, daar zeg ik nogal wat, maar u weet wat ze over dronken mensen zeggen.'
Martuccia lachte om de zelfspot van de man. Voor het eerst viel het hem op dat de zwerver ondanks zijn armoedige kleding en onverzorgde uiterlijk een beheerste en beschaafde uitstraling had. Hij keek recht in zijn ogen en zag opeens waar hij eerder overheen had gekeken. Het was de oogopslag. Prettig, vriendelijk, bijna sereen. Een beetje zoals heiligen werden afgebeeld op de grote doeken die in musea hingen.
'Ik wil nog wat verduidelijken,' zei de Professor tegen Martuccia. 'Dat ik tegenover u met een zekere autoriteit spreek, heeft voornamelijk met schaamte te maken. De Raad, ons rayon, onze samenleving van daklozen zijn ontstaan uit hulpeloosheid en machteloosheid, maar moeten nog iets van gemeenschapsgevoel geven. In werkelijkheid leven in deze omgeving tientallen desolate mensen die er op hun manier het beste van proberen te maken. In de ogen van de maatschappij zijn wij uitschot en dat is precies zoals wij ons vaak voelen. Wij zijn niets en hebben niets. Het overgrote deel kent zelfs geen zelfrespect meer. In een poging hier iets van terug te winnen, hebben we geprobeerd ons te verenigen. Gedeelde smart is halve smart. Door ons te organiseren voelen we ons wat sterker, maar het wil geenszins zeggen dat we een clan zijn. Ik begrijp dus heel goed waar uw vooroordelen vandaan komen, meneer.' Hij keek Martuccia even aan en vervolgde: 'Ze zijn niet eens zo ver bezijden de waarheid, maar het is niet de hele waarheid.'
Martuccia knikte kort. Wat hem betrof had de Professor zijn punt duidelijk gemaakt.
'Bedankt voor het gesprek, Professor,' zei Tardelli oprecht. 'Als mijn collega niets meer heeft te vragen gaan wij ervandoor.'
Martuccia groette met een saluut van zijn rechterhand. 'Tot ziens, Professor.'

De man hield bij wijze van groet de fles omhoog. 'Bedankt voor de gift, heren. Het ga u goed.'
Toen ze weer op de parkeerplaats liepen, hield Martuccia zijn pas in.
'Waarom wordt hij de Professor genoemd?'
'Voordat hij op straat terechtkwam, was hij hoogleraar op een universiteit,' verklaarde Tardelli.
'Waar ging het mis?'
'Affaires met studentes, blijkbaar was hij gek op jongere vrouwen. Dat ging tijdenlang goed, totdat de vader van een van die meiden erachter kwam. Die man was een aartsconservatief met aanzienlijke invloed. Het werd een rel en de Professor werd ontslagen. Zijn vrouw verliet hem en nam de kinderen mee. Hij was gebroken en zocht zijn heil in het zwerversbestaan.'
'Daar heeft hij alsnog een aardige carrière opgebouwd,' zei Martuccia met groot gevoel voor ironie.
'Het enige positieve,' gromde Tardelli. 'Maar goed, heeft dit gesprek je iets opgeleverd?'
Martuccia haalde zijn schouders op. 'Ik weet het niet. Het is lastig om de duistere kant van iemand bloot te leggen. Hij kon nog zo'n vriendelijk mens zijn, maar toch...'
'Ook een kindermoordenaar,' vulde Tardelli aan. 'Het is waar dat mensen in de omgeving vaak zeggen dat ze niets gemerkt hebben, omdat de dader altijd zo vriendelijk leek, maar hoe goed zijn die contacten? Meestal kennen mensen deze persoon niet echt. Iedereen leeft in een kleine bubbel. Toch heb ik de Professor hoog zitten. Hij heeft vaker gelijk gehad. Kom, ik breng je terug naar je eigen cocon.'

18

Tijdens de aftiteling van de film stond Hans op. 'Ik pak nog een biertje. Kan ik ook iets voor jou inschenken?'
'Nee, dankjewel,' antwoordde Petra vanachter haar laptop. De actiefilm die Hans vanavond graag wilde zien, had haar na een halfuur al niet meer kunnen boeien. Ze was achter haar computer gaan zitten om iets voor zichzelf te doen.
Hans liep eerst naar haar toe en legde zijn hand op haar schouder. Met een schuin oog keek hij naar het opengeklapte beeldscherm. Petra klikte de pagina meteen weg.
'Interessante dingen?' vroeg hij.
Ze draaide zich naar hem toe en keek hem met opgetrokken wenkbrauwen aan.
'Aha. Of ik wil opzouten? Ik, de bemoeizuchtige bierdrinkende slechte-actiefilm-kijker.'
Petra klakte met haar tong, maar kon haar lach niet inhouden. 'Wat kun je het soms toch prachtig onder woorden brengen.'
Hans lachte en liep naar de keuken. Ze deden dan wel lollig, maar hij had nog net gezien wat Petra aan het lezen was voordat ze het scherm weggeklikt had. Het was een pagina over trauma's. Hij schudde met zijn hoofd. Dit was niet goed. Hij begreep dat Petra constant aan Niels liep te denken, aan alles wat hij precies had meegemaakt en dagelijks doormaakte. Hij kampte met hetzelfde probleem. Maar Niels was in goede handen bij Irene en hij had gedacht dat ze er tegenover elkaar ook steeds eerlijk over waren geweest als ze het moeilijk hadden. En ergens op de dag moest je

een rustpunt vinden. Het was niet goed om de hele dag met Niels bezig te zijn. Hijzelf had geprobeerd zich te ontspannen door anderhalf uur lang naar een pretentieloze actiefilm te kijken.

Op internet informatie vergaren over trauma's droeg niet bij aan ontspanning, zo leek hem. Daar werd je niet meer relaxed van, hooguit nerveuzer of je ging je nog meer zorgen maken dan al het geval was. Tenzij... Hij was er voetstoots van uitgegaan dat Petra aan het zoeken was naar informatie die relevant was voor Niels. Stel dat dit niet het geval was geweest? Dat ze voor zichzelf zocht? Hij nam een slok van zijn bier, wilde deze vraag naar het rijk der fabelen verwijzen, maar het idee bleef in zijn hoofd zitten. Het was namelijk helemaal niet zo'n vreemde stelling. Daarvoor hoefde hij enkel zichzelf als voorbeeld te nemen. De hele dag speelde het welzijn van zijn zoon door zijn hoofd. Maar 's nachts kwamen de dromen; de ene nacht sliep hij goed en de nacht daarop werd hij zwetend wakker. Het gevoel van beklemming. Het gevoel van verlies. Een cel. In zijn dromen was hij de onschuldige verdachte die zijn gezin en zijn baan kwijt was. Als hij wakker werd, kostte het hem moeite om de beklemmende gevoelens van zich af te schudden. De nachtmerries waren zo echt. Op de gezondheid en veiligheid van Niels na, was het zijn grootste angst geweest in Italië. Blijkbaar was hij er nog niet overheen. Terwijl hij wist dat hij onschuldig was en na hun vertrek uit Italië hadden ze nooit meer iets van de Italiaanse of Nederlandse autoriteiten vernomen. De kans dat ze hem alsnog als een serieuze verdachte zouden bestempelen, leek verwaarloosbaar.

Toch kon de ratio het nare gevoel niet verdrijven. De nachtmerries bleven komen en hij voelde zich hierover bovenal schuldig. Want wat had hij in verhouding tot Niels eigenlijk meegemaakt? Dat mocht toch nooit zo'n invloed op hem hebben? Hij was een volwassene en Niels een kind.

En Petra was zijn moeder. Als hij zelf al zulke problemen kende, hoe zat het dan met haar? Tot nu toe had hij niets aan haar gemerkt wat daarop wees. Het leek zelfs of ze met de dag sterker werden. Zij kon als geen ander Niels dat veilige gevoel geven en hem toch vrij genoeg laten om het op zijn manier te verwerken. Ze verstikte hem niet, hoewel hij wist dat ze het erg moeilijk vond hem los te laten. Ze had enorm veel wilskracht en stelde haar leven in dienst van Niels en hem, al wist ze de schijn erg goed op te houden door nog wel naar haar werk te gaan en zo normaal mogelijk te doen. Hij had Petra ook niet over zijn dromen verteld. Alleen gezegd dat hij wat onrustig had geslapen als ze ernaar vroeg. Zo eerlijk waren ze dus niet tegen elkaar. Het was een grote paradox. Omdat ze gezegd hadden dat ze hier samen doorheen zouden komen en er voor Niels wilden zijn, vergaten ze zichzelf. Daar moest je mee uitkijken. Als een van hen overspannen zou raken, waren ze nog verder van huis.

Als hij Petra erop aan wilde spreken, moest hij zelf ook al zijn kaarten op tafel leggen. Ze moesten hun zwaktes tonen en daar was hij niet goed in. En het feit dat zij niet wilde dat hij zag waarmee ze bezig was, gaf ook aan dat ze er nog niet aan toe was het te bespreken. Hij wilde geen drama, zeker niet 's avonds laat. Morgen. Morgen zou hij het opbrengen. Eerst een nachtje eroverheen laten gaan.

Hij ging de kamer weer binnen, pakte de afstandsbediening en hield die pontificaal voor Petra. 'Doe me een lol en sluit die laptop af. Nu is het jouw beurt om te kiezen. *Sterren swingen in het zand* of *Boerin zoekt minnaar*, of hoe dat allemaal heet, ik vind alles prima.'

Petra keek op haar horloge. 'Op dit tijdstip? Dat wordt lastig.'

Toch sloot ze haar laptop af en pakte de afstandsbediening uit zijn hand. 'Ach,' glimlachte ze flauwtjes. 'Ik vind wel iets.'

Hans was allang blij dat ze zich niet helemaal terugtrok. Een kleine overwinning.

19

Oktober

Petra pakte de jurken die haar klant op het bankje in het kleedhokje had laten liggen en liep met het stapeltje kleding onder haar arm de winkel binnen. Toen ze bij het kledingrek stond, legde ze het stapeltje op de grond en pakte een lege hanger. Maar wat ze ook probeerde, de eerste jurk gleed telkens weer van de hanger af. Ze vloekte.

Liesbeth kwam achter de kassa vandaan. Terwijl Petra geërgerd de jurk van de vloer opraapte, hoorde ze hoe Liesbeth de voordeur van de winkel op slot draaide. *Wat is dit voor onzin,* dacht ze. *Het is pas halfdrie!*

Liesbeth kwam teruglopen en pakte haar bij haar arm.

'Hé, wat doe je, wat is er?'

'Wij gaan praten,' antwoordde Liesbeth beslist. 'Dit kan zo niet langer.'

Liesbeth trok haar mee het magazijn in dat aan de winkel grensde. Ze pakte twee stoelen en maakte met een korte knik duidelijk dat ze moest gaan zitten. 'Je bent al dagen jezelf niet,' begon Liesbeth op rustige toon.

Petra wuifde dit weg. 'Doe niet zo gek, joh. Iedereen is weleens chagrijnig.'

'Dit gaat verder. Ik zie je met de dag magerder worden. Hoeveel ben je afgevallen?'

'Iets van drie pond, of zo.'

'Lieg niet tegen me.'

'Bijna vier kilo.'

Liesbeth knikte bedachtzaam. 'Dat komt dichter in de buurt, ja.

Vertel me nu eens hoe dat komt. En dan doel ik niet op die vreselijke dag aan het Gardameer. Er moet iets anders zijn.'
Haar directheid had Petra geschokt, maar ze kon niet volhouden dat er niets aan de hand was. Daarvoor kende Liesbeth haar te goed. En als ze niet gauw haar verhaal kwijt kon, zou ze ook naar Irene moeten, maar dat zou toegeven zijn aan een zwakte. Een zwakte die ze zich niet kon veroorloven.
'Nachtmerries,' zei ze zacht. 'Ik droom de afschuwelijkste dingen en die spelen ook overdag regelmatig door mijn hoofd. Daardoor is ook mijn eetlust afgenomen.'
'Kun je er wat meer over vertellen? Waar droom je over?'
Petra durfde haar oudere vriendin niet recht aan te kijken. Ze had Liesbeth al weken geleden op de hoogte gebracht van het drama dat zij tijdens de vakantie hadden meegemaakt. Hoewel ze het goed kon vinden met Liesbeth, vond ze het nu het erop aankwam, toch lastig om over persoonlijke problemen te spreken. Haar problemen. Normaal hadden ze het over de problemen van anderen.
Ze haalde diep adem en zette zich over deze drempel heen.
'Ik beleef die avond steeds opnieuw. Vanaf het moment dat ik door de bosjes naar Hans loop en Niels zie zitten. Zodra ik hem tegen me aandruk, kijk ik naar het gezicht van Mats die dood naast hem ligt. Maar het is Mats niet... Het is Niels. Ik hou Mats namelijk in mijn armen.' Ze schoot vol.
Liesbeth boog zich naar voren en sloeg haar armen om haar heen.
'Och, meisje, toch. Ik begrijp dat zoiets blijft hangen en doorwerkt in de dagelijkse dingen.'
'Het gaat wel weer over. Ik heb alleen wat meer tijd nodig.'
'Dat lijkt me een lange weg.'
'Wat moet ik dan? Me ertegen blijven verzetten? Die nachtmerries komen toch wel, hoor. Of ik dat nu wil of niet.'
'Nee, lieverd, ik bedoel dat je er juist iets mee moet doen. Je kunt dit niet opkroppen. Het is voor jullie ook een trauma, dat moet je

goed onthouden. En daar moet je goed mee omgaan. Jullie zorgen fantastisch voor Niels, geven hem alle hulp die hij nodig heeft, maar als jullie ook niet voor jezelf zorgen, dan ben je straks niets meer waard. Je moet erover praten om het te verwerken. Heb je het er wel met Hans over gehad?'
Petra schudde nadrukkelijk van nee. Ze kende Hans lang genoeg om te weten dat hij ook met zijn eigen sores worstelde. Het zou egoïstisch van haar zijn als ze hem nu met haar problemen lastigviel. Ze bleef erbij dat dit gewoon tijd nodig had. Tijd heelde immers alle wonden?
'Nee, dus,' concludeerde Liesbeth. 'Laat me raden, in de dagelijkse omgang lijkt er niets aan hem veranderd. Bijna alles wat niet met Niels te maken heeft, doet hij op een laconieke manier af.'
Petra glimlachte. Haar vriendin had het uitstekend verwoord.
'Ruwe bolster, blanke pit,' ging Liesbeth verder. 'Het is wat generaliserend, maar meestal klopt het aardig. En ik denk Hans goed genoeg te kennen om te stellen dat dit ook voor hem opgaat. Of zit ik ernaast?'
'Nee, je hebt gelijk.'
'Ik wil er nog één ding over zeggen, daarna laat ik je over dat onderwerp met rust, oké?'
Petra knikte. Aan de ene kant voelde ze zich opgelaten, terwijl ze gelijktijdig ook blij was dat haar vriendin zoveel om haar gaf. Dat gaf haar een heerlijk gevoel van geborgenheid.
'Een professionele hulpverlener, ik weet dat het wat geitenwollensokkenachtig klinkt, maar ik bedoel dus iemand zoals die vrouw naar wie Niels gaat. Hoe heet ze ook alweer?'
'Irene Gerritsen.'
'Precies. Nou, wat ik van jou over haar heb gehoord is dat zij heel down to earth is en Niels veel baat heeft bij die bezoekjes. Dus stel ik voor om eens met haar te gaan praten.'
Petra keek bedenkelijk. 'Ik denk dat zoiets te ver gaat. Trouwens, ik

zit regelmatig op internet en daar word ik soms ook wel wijzer van.'
'Internet?!' reageerde Liesbeth voor haar doen heftig. 'Ja, het is een geweldige bron van informatie, maar er wordt ook een hoop onzin op geplaatst. En er zitten allerlei idioten op die elkaar van alles aanpraten zonder het gecheckt te hebben. Begrijp me goed, ik ben geen tegenstander van internet. Het is fantastisch om de wereld in huis te halen, maar waar we denken alles dichterbij te krijgen, communiceren we alleen op afstand. Die digitale vrienden vertellen we van alles, maar we weten niet eens hoe de buurman heet. Laat staan dat we enig inzicht in zijn leven, geluk of problemen hebben. We praten niet meer met elkaar, dit is het tijdperk van de kilte.' Ze nam Petra's handen tussen die van zichzelf in. 'Sorry, ik wilde niet belerend overkomen. Ik klink als een achterdochtige oude vrouw, ik begrijp ook hoe het je kan helpen om andermans verhalen te horen en informatie op te zoeken, maar dat moet je nog steeds allemaal alleen verwerken. Ik denk echt dat het beter is met iemand te gaan praten. Het is natuurlijk aan jou. En onthoud dat waar je ook voor kiest, mijn deur altijd voor je openstaat. Dag en nacht. Als je wilt praten of wat dan ook, ben ik er voor je.'
Voordat Petra kon reageren, werden ze opgeschrikt door hard geklop op de voordeur van de winkel. Petra wilde opstaan, maar Liesbeth hield haar tegen. 'Jij blijft lekker zitten. Ik regel het wel.'
Ze wist dat het zinloos was om te protesteren.
Toen Liesbeth de winkel in liep, sloot Petra haar ogen, haalde diep adem en bedacht hoe ze verder met haar leven moest. Ze wist dat ze met Hans moest gaan praten. En misschien met Irene, maar het vooruitzicht lag als een steen op haar maag. Toen ze net uit Italië waren teruggekeerd had ze zich nog zo voorgenomen hier goed mee om te gaan. Maar ze wist totaal niet wat dat inhield. Hoe kon ze ook? Ze wilde zo graag voor iedereen sterk zijn, daar had ze een gezin voor, maar ze begon nu pas in te zien dat dit het tegenovergestelde was van alles samen doen.

20
November

Terwijl hij langzaam in gedachten verzonk liet Hans zijn vingers over de rugspieren glijden. De man die op zijn buik op de massagetafel lag was Johan Hogendoorn. Deze dikke veertiger werkte al twee decennia lang in de bouw en was al jarenlang een vaste klant van de fysiotherapiepraktijk. Hun gesprekken werden zelden tot nooit diepgaand, wat hij heel prettig vond. Ze kenden de namen van elkaars vrouw en kinderen, waar ze met vakantie naartoe gingen, maar veel meer dan dat ook niet. Helemaal op een dag als vandaag, waarin hij regelmatig met zijn gedachten ergens anders was dan bij zijn werk en het goed uitkwam dat hij deze patiënt bij wijze van spreken op de automatische piloot kon behandelen. Als serieuze professional gruwelde hij van deze handelwijze, maar het ging vandaag ongemerkt. Hij keek recht voor zich uit en voelde hoe zijn vingertoppen over de schouderspieren gleden. Nadat ze een programma hadden afgewerkt met een aantal oefeningen om de spieren los te maken, eindigde hij de sessie bijna altijd met een massage. Johan vond dit prettig, wat hij zich goed kon voorstellen van iemand die zijn lichaam dag in, dag uit afbeulde.
'Dat voelt goed, Hans.'
'Dat is ook de bedoeling.'
Langzaam gleden zijn handen naar beneden, tot net boven de heup. Voorzichtig kneedde hij de spieren aan de zijkant van het lichaam die in de loop der jaren al zoveel te verduren hadden gehad. Zelf voelde hij eveneens een bepaalde ontspanning, die hij hard nodig had.

Hij was nog elke dag dankbaar dat hij niet in de schoenen van de ouders van Mats stond. Alleen al de gedachte aan een omgekeerde situatie maakte hem ziek. O, wat had hij een diep medeleven met die mensen. Het leed dat zij met zich meedroegen was ondraaglijk... Hij hield zich voor dat hun eigen situatie daarbij in het niet viel, maar hij kon ook niet meer ontkennen dat de spanningen thuis opliepen.
Het herstel van Niels verliep volgens Irene Gerritsen voorspoedig. Hoewel hij niet aan haar deskundigheid twijfelde, zette hij hier toch zijn vraagtekens bij. Want wat verstond je onder voorspoedig? Hij ging op bepaalde vlakken inderdaad vooruit. Zo was hij stukken minder in zichzelf gekeerd dan de weken na die vreselijke nacht. Hij lachte vaker, zong af en toe weer mee met een nummer op de radio en kwam iets vaker zijn kamer uit. Al deze progressie kon echter niet verbloemen dat hij nog steeds met geen woord had gesproken over wat er die gruwelijke avond precies was gebeurd. Althans, niet tegen hen. Ook tegen Irene, met wie ze regelmatig contact hadden, hield hij zijn lippen stijf op elkaar als zij hem iets over die avond vroeg. Wel had ze nog steeds het gevoel dat hij uiteindelijk toch hierover zou gaan praten. Wanneer dat ging gebeuren was voor haar echter evenzeer onduidelijk. Forceren deed ze in elk geval niet; dat werkte vaak averechts, wist ze uit ervaring.
Wat had Niels die avond meegemaakt? De woede die hem als een slopend virus vergezelde en alleen met rust liet als hij in diepe slaap was, werd sterker. Hij moest zich op zijn werk concentreren. Zijn handen gleden langs de ruggengraat omhoog en belandden tussen de schouderbladen. Terwijl zijn vingers de spieren kneedden, zag hij hoe de licht crèmekleurige massageolie glinsterde in het licht. Dit beeld bezorgde hem plotseling een déjà vu. De druppels olie en de glimmende huid deden hem denken aan het gezicht van de zwerver, nadat hij hem uit het water had gehaald. De woede klopte nu koortsachtig tegen zijn schedel. Zonder er erg

in te hebben klauwden zijn vingers in het vlees van zijn patiënt terwijl hij de keel van de zwerver voor zich zag die hij dicht wilde knijpen. Moest knijpen. Want deze schoft verdiende niet beter dan de dood. Een kindermoordenaar kreeg geen eerlijk proces. Hem wachtte hetzelfde lot als zijn slachtoffer.

'Hé, Hans. Wat doe je nou, man?! Wil jij soms mijn weekend verpesten?'

Hans schrok van de heftige reactie van Johan Hogendoorn. Hij keek van het bezorgde gezicht van Johan naar diens rug. Die was helemaal rood gevlekt waar hij had geknepen. Hij zag zelfs zijn witte vingerafdrukken. Jezus, hij had een pauze nodig. Waar was ie inderdaad mee bezig? Hij herstelde zich snel met een flauw grapje. 'Ik wist het wel, allemaal watjes daar in de bouw.'

'Laten we eens een paar dagen ruilen,' sprak de bouwvakker joviaal. 'Dan masseer jij de komende weken enkel je eigen ledematen, zo kapot ben je.'

Ze lachten. Hogendoorn omdat hij er de humor van inzag en Hans uit opluchting.

Hans roffelde beheerst op de schouderbladen van zijn patiënt en liet zijn handen in hetzelfde ritme over de hele rug glijden. 'Sorry, ouwe reus,' zei hij toen zijn handen de onderrug hadden bereikt.

Hogendoorn nam het sportief op. 'Maakt niet uit, man. Ik laat op de steiger ook weleens wat uit mijn handen vallen.'

'Dan is het te hopen dat iedereen op dat bouwterrein een helm draagt,' antwoordde Hans en hij ging verder met het afsluitende deel van de massage.

Toen Hogendoorn weg was, zakte hij onderuit in een stoel. Hij had een ernstige fout gemaakt. Dat mocht hem echter geen tweede keer gebeuren.

21

Hans parkeerde zijn auto in de straat, schuin tegenover de school van Niels. Petra en hij stapten uit en liepen zwijgend naar de ingang van het gebouw.
Ze waren benieuwd wat Wim Kuipers, het schoolhoofd en de leraar van Niels, hun te melden had. Gisteren had hij hen gebeld met het verzoek langs te komen voor een gesprek. Om hen gerust te stellen had hij direct verteld dat ze zich geen zorgen hoefden te maken, maar dat hij een gesprek op korte termijn wel op prijs zou stellen.
Omdat voor Kuipers de vooravond geen probleem was, hoefden ze geen collega's in te schakelen om diensten te ruilen of in te vallen. Cora en Aad, Petra's ouders, wilden met alle liefde een uurtje bij hen thuis de boel in de gaten houden. Ze vonden het namelijk geen prettige gedachte om Niels alleen te laten.
Wim Kuipers had dan wel gezegd dat ze zich geen zorgen hoefden te maken, maar dit gesprek viel buiten de reguliere ouderavonden. Voordat het schooljaar was begonnen, hadden ze Kuipers op de hoogte gesteld van wat er zich aan het Gardameer had afgespeeld. Kuipers had hun verhaal vol interesse en medeleven aangehoord en hij had beloofd dat hij een speciaal oogje op hun zoon zou houden.
De conciërge ving hen op en belde Kuipers om te zeggen dat ze er waren.
Binnen een mum van tijd kwam hij hen tegemoet lopen en schudde hun de hand. 'Goedenavond, dank dat jullie zo snel konden

komen.' Ze liepen naar zijn kantoor, waar hij achter zijn bureau ging zitten. 'Neem plaats, alsjeblieft. Willen jullie iets drinken?'
Ze schudden hun hoofd.
'Goed. Hoe gaat het met jullie?'
'Gezien de omstandigheden redelijk,' antwoordde Hans toen hij ging zitten. 'Maar het blijft een lastige tijd voor ons gezin.'
'Dat kan ik me voorstellen,' zei Kuipers. Hij liep tegen de vijftig en was al jarenlang werkzaam in het onderwijs. Mede vanwege de bezuinigingen combineerde hij de functie van leraar en hoofd van de school. Hij draaide vele overuren, maar zijn betrokkenheid was dan ook groot. Kuipers was geliefd onder zijn leerlingen en collega's vanwege zijn veelzijdigheid. Hij was oprecht, geduldig en vriendelijk, maar kon hard ingrijpen als een situatie daarom vroeg. Wim Kuipers was een man van wie je wist wat je aan hem had.
'U begrijpt dat ik het over Niels wil hebben. Nogmaals, er is niets verontrustends gebeurd, dus maakt u zich daarover vooral geen zorgen, maar ik kan zien dat het niet echt goed met hem gaat.'
'En daarover maakt u zich wel zorgen,' reageerde Hans meteen.
'Zorgen... zorgen is wellicht een te groot woord. Ik zie dat hij niet zichzelf is, maar als ik er met hem over probeer te praten, dan antwoordt hij ontwijkend. Daarom vroeg ik me af hoe het thuis gaat. Hoe de therapie gaat. Begrijp me niet verkeerd, ik zeg niet dat dat beter kan, maar ik probeer inzicht te krijgen in de stand van zaken en een omgangsvorm te vinden waar Niels het best bij gebaat is. Ik denk ook dat Niels niet alles wat er op school gebeurt vertelt, en daarom wilde ik jullie daarover bijpraten. Ik zal eerst wat voorbeelden geven over zijn gedrag op school, zodat u begrijpt wat ik bedoel.'
Hans en Petra keken hem verwachtingsvol aan.
'Het gebeurt regelmatig dat Niels, ongeacht het vak dat op dat moment gegeven wordt, er in eerste instantie met zijn volle aandacht bij is. Maar langzaam zie ik zijn aandacht verslappen en lijkt hij

weg te zakken in een andere wereld. Dat gebeurt echt niet elke les, hoor. Maar wel met een zekere regelmaat.'
'Hij droomt weg,' concludeerde Petra. 'Daar had ik vroeger ook last van.'
Kuipers knikte. 'Veel leerlingen dromen weleens weg, maar niet zo vaak. Als het hierbij bleef, had ik u niet gevraagd voor dit gesprek. Er is namelijk meer.'
Na deze laatste woorden slikte Hans zijn vraag in. Kuipers zag het en ging verder met zijn verhaal.
'Tijdens de pauze op het schoolplein heeft Niels geen vast vriendenclubje. Dan praat hij met die en de volgende dag weer met een ander. Mijn indruk is dat hij geen beste vrienden meer heeft, maar zeker geen vijanden. Toch is het opmerkelijk dat zijn reacties op verschillende situaties zo uiteenlopend zijn.
Vorige week speelde een groepje jongens uit zijn klas een actiefilm na op het schoolplein. Veel handgebaren en zogenaamde vechtscènes. In eerste instantie deed Niels mee, maar toen een medeleerling het specifiek op hem gemunt had, dook hij ineen. Met veel misbaar rolde hij weg zonder geraakt te zijn. Hij stond op en keek de jongen woedend aan. Zonder verder een woord te zeggen ging hij daarna met een groep meisjes staan praten. Het leek wat overdreven om er zo boos over te zijn, want die andere jongen was zeker op twee meter afstand van Niels geweest, dus hij had hem nooit kunnen raken. Het was jongens onder elkaar, maar blijkbaar kon Niels het niet aan.'
Hans zuchtte. 'Wat een raar verhaal. Ik denk dat hij zich toch bedreigd voelde. Hij is wel gevoeliger geworden sinds de zomer, hoewel hij zich thuis ook vrij gesloten opstelt.'
'Laat het even bezinken,' zei Kuipers. 'Ik ga u nog een voorbeeld geven.'
Ze knikten. Het was nu verstandiger om te luisteren dan een conversatie op te zetten.

'Ook op het schoolplein, een dag of vier terug, gebeurde het volgende. Niels stond te praten met een groepje klasgenoten. Het gesprek ging over voetbal. Wat de beste club van de wereld was. Iedereen deed zijn zegje. Uit het niets verhief Niels zijn stem en schreeuwde tegen iedereen dat ze er helemaal niets van begrepen. Geen enkele club was de beste, dat verschilde van jaar tot jaar. Toen ik dacht dat het uit de hand zou kunnen lopen, riep ik Niels bij me en vroeg hem om na de pauze de plantjes in het lokaal water te geven. Hij knikte kort, liep mokkend weg, ging bij een groepje jongere jongens staan en negeerde zijn eigen groep totaal. Toen ze echter weer in het klaslokaal zaten, was er niets van opgekropte woede bij Niels te merken. Hij begon de les zoals die voor de pauze was geëindigd en glimlachte vriendelijk tegen de jongens met wie hij op het schoolplein ferme woorden had gehad.'
'Was er tijdens zijn uitbarsting een moment dat u dacht dat hij geweld zou gebruiken?' wilde Hans weten.
'Ik was er niet zeker van. Door in te grijpen wilde ik het voorkomen. Maar ik kan u wel verzekeren dat Niels behoorlijk agressief oogde. Zijn agressie kwam zomaar op en nadat ik met hem had gesproken verdween die even snel. Alsof hij op een bepaald moment besluit het te laten gaan. Wellicht dat dat de winst van de therapie is en het is heel knap voor iemand van zijn leeftijd, maar toch lijkt hij sneller dan vorig jaar een woedeaanval te krijgen.'
'Wat hij in Italië heeft meegemaakt is meer dan opmerkelijk voor iemand van zijn leeftijd,' zei Petra.
Kuipers knikte. 'Daarvan ben ik me bewust. Elke dag weer. Daarom probeer ik hem zo goed mogelijk in de gaten te houden.'
'Is dit van de laatste tijd?' wilde Hans weten.
'Nee, alleen deze voorbeelden. Toen ik er echt voor ging zitten, schoten me nog wat situaties te binnen. Gebeurtenissen die je wegwuift, ook als het een bijzondere jongen als Niels betreft. Iedereen heeft weleens een goede of slechte bui. In het geval van mijn leer-

lingen gaat het om een proces van opgroeien, langzaam volwassen worden met al die leuke en vervelende dingen die daar nu eenmaal inherent aan zijn. Maar bij Niels lijkt zijn wispelturige gedrag van plotselinge woede en kalmte structureel.'
'Wat is structureel?' vroeg Petra. 'Want ik zie het verband niet. Het een lijkt los van het ander te staan.'
Kuipers zuchtte. 'Daar probeer ik nu achter te komen. Het lijkt mij structureel, omdat hij sinds de zomer anders is en moeilijker te doorgronden. Ik maak een op het oog doodnormale jongen mee die goed in de klas functioneert, prima cijfers haalt, maar toch klopt er iets niet. Waar je bij een ander kind zou kunnen denken: die is agressief, die is wel heel defensief, die lijkt wel hyperactief of die zit tegen het depressieve aan, geldt dit niet voor Niels. Bij hem wisselen al deze eigenschappen zich continu af. Het valt eigenlijk alleen op als je hem kent of er extra op let. Maar het is er wel. Bij een ander kind met dit gedrag had ik de ouders hoogstwaarschijnlijk niet gebeld, was het me misschien niet eens opgevallen, maar in het geval van Niels wilde ik het er met u over hebben.'
Hans en Petra knikten. 'Wat denkt u er zelf van?' vroeg Hans.
Kuipers maakte een afwerend gebaar. 'Natuurlijk heb ik ook mijn ideeën en vermoedens. Al durf ik die niet snel te uiten, want als ik me daarover ga uitspreken begeef ik me op onbevoegd terrein. Ik weet dat Niels bij een psychologe loopt en ik hoop dat zij er iets mee kan. Ik rapporteer, blijf dit doen en geef het aan u door. Conclusies trekken valt buiten mijn bevoegdheid als leraar en hoofd van de school. Ik zou van jullie graag horen hoe hij thuis is, zodat ik dat ook mee kan nemen in mijn oordeel.'
Petra begon te vertellen dat Niels zich thuis ook meer dan voorheen teruggetrokken had. Dat hij minder vaak met de buurtkinderen buiten speelde en zich soms geërgerd terugtrok als ze hem aanspoorde om weer eens naar buiten te gaan. Echte agressie hadden ze niet bij hem kunnen ontdekken.

Kuipers knikte terwijl ze praatte. Het kwam hem bekend voor en paste in het beeld dat hij van Niels op school kreeg. Toen Petra uitgesproken was verraste hij hen met de vraag hoe het met hen ging.
'Met ons?'
'Ja, jullie moeten je ook rot geschrokken zijn. Hoe gaan jullie ermee om?'
Petra merkte dat Hans naar haar keek. Ze vermeed bewust zijn blik. 'Goed, onder de omstandigheden. Wij hebben niet meegemaakt wat Niels heeft meegemaakt, en we vinden het vreselijk dat hij dit heeft moeten ervaren. We proberen er alles aan te doen om hem weer als de oude Niels te krijgen.'
'Dat begrijp ik, ik zie ook hoe betrokken en bezorgd jullie zijn. Maar wat ik bedoel is hoe gaan jullie met jullie gevoelens en gedachten om? Het is belangrijk dat jullie ook aan jezelf denken om er voor Niels te kunnen zijn.'
'Natuurlijk. Daar zijn we ons van bewust. Maar Niels is het belangrijkste. U hebt dus niet de indruk dat hij door dat wegdromen slechter presteert? Ik weet hoe graag hij naar school gaat, het zou hem veel verdriet doen als dat ook nog slecht gaat.'
Hans had wel door dat ze het gespreksonderwerp snel van hun problemen wegstuurde, maar vond het niet het moment om daar met Kuipers tegenover hen over te beginnen. Hij vond het maar een raar gesprek. Aan de ene kant zei Kuipers dat ze zich geen zorgen hoefden te maken, maar hij vroeg hen wel langs te komen om aan te horen dat Niels zich soms raar gedroeg. Toen Kuipers het gesprek afrondde met de prestaties van Niels in de klas, en met de woorden dat het echt een heel goede jongen was, had hij opeens een enorme behoefte aan frisse lucht. Nadat ze afscheid hadden genomen en naar buiten waren gelopen, haalde Hans diep adem. Petra keek hem aan. Het was hun duidelijk dat ze de psychologe zo snel mogelijk moesten spreken.

22

Petra omhelsde haar moeder. 'Ontzettend bedankt, mam.'
Cora wuifde het weg. 'Ben je gek, kind. We springen graag bij. Je kunt altijd op ons rekenen.'
Hans gaf zijn schoonvader een hand. 'Morgenavond zijn jullie vrij, dat beloof ik. Of anderen moeten een beroep op jullie doen. Van ons zul je geen last meer hebben.'
Aad grijnsde. 'Als kinderen en kleinkinderen een last waren, zou het niet best met ons zijn gesteld. Wij doen het met liefde. Jullie kunnen altijd bellen. Morgen, overmorgen, zelfs vannacht. Daar zijn wij grootouders voor.'
'En dat waarderen wij enorm.'
'Niels, kom jij opa en oma ook gedag zeggen?' riep Petra naar boven waar Niels op zijn kamer met een computerspel bezig was. Hij kwam direct, gaf zijn grootouders een kus op hun wangen en vertrok weer naar boven.
'Nog tien minuten spelen,' riep Petra hem na. 'Daarna tanden poetsen en naar bed. Het is alweer halftien, meneertje.'
Toen Petra's ouders waren vertrokken liep Hans rechtstreeks door naar de keuken. 'Ik pak een biertje. Jij ook wat sterkers?'
Terwijl ze naar de woonkamer liep, mompelde Petra een bevestiging. 'Wit of rood?'
'Doe vanavond maar rood. En laat het glas maar in de keuken staan, want ik wil eerst Niels naar bed brengen.' Hans schonk de wijn in, zette het glas neer op het aanrecht en nam zijn eigen biertje mee de woonkamer in.

Op dat moment kwam Niels naar beneden. Hij ging schijnbaar op zijn gemak op de bank zitten en keek hen vragend aan. 'En? Heeft Irene nog wat over mij gezegd?'
Hans haalde nonchalant zijn schouders op. 'Niets waarover jij je druk hoeft te maken. Trouwens, het is al laat. Ga lekker naar bed, dan praten we daar morgen nog wel over. We hebben een beetje bijgepraat.' Hij keek Niels recht aan en hoopte zo de eventuele onrust bij zijn zoon weg te nemen. Niels mocht dan ontspannen ogen, na de gesprekken van gisteren met Wim Kuipers en vanavond met Irene Gerritsen, was hij van de lichaamstaal van zijn zoon niet meer zo zeker. Het leek wel alsof hij zijn eigen zoon steeds moeilijker te peilen vond.
Niels stond gelaten op. 'Oké, welterusten.' Hij gaf Hans een kus en liep samen met Petra naar boven.
Toen ze weer beneden kwam had Hans de televisie aangezet. Hoewel hun huis niet echt gehorig was, kon Niels wel horen dat die aanstond. En dat was precies wat ze hiermee voor ogen hadden. Ze wilden hem het geruststellende gevoel geven dat er niets veranderd was in huis.
Na een kwartier sloop Petra naar boven en kwam snel weer terug. 'Hij slaapt,' sprak ze licht opgelucht en ze nam haar eerste slok rode wijn van de avond.
'Gelukkig maar. Je moet er toch niet aan denken dat hij zich net zo'n zorgen gaat maken over wat Irene ons vertelt als wij doen. Ik heb een naar gevoel aan die gesprekken met haar en Wim Kuipers overgehouden. We hadden blijkbaar niet goed door dat Niels een verdedigingsmechanisme aan het ontwikkelen is en dat we het daarom met de opvoeding ook niet goed doen. Natuurlijk is er het excuus dat wij hem niet de hele dag zien, maar toch. Ik heb het daar wel moeilijk mee.' Hij sloeg zijn hand voor zijn ogen en boog zijn hoofd. 'Ik word er dus helemaal gek van. Dat uitgerekend wij met onze beste bedoelingen het voor hem verprutsen. En het ergste

is dat ik er niet eens van overtuigd ben dat wij het zo verkeerd doen. Is het zo belachelijk dat we onze zoon die door een hel is gegaan in veel dingen zijn zin geven? Is het zo slecht voor hem dat we hem vaak ontzien met huishoudelijke taken en weet ik veel wat nog meer? Zijn wij slechte ouders omdat we hem extra aandacht en liefde proberen te geven?' Hij zuchtte diep en nam een slok van zijn bier. 'Ik weet het gewoon even niet meer.'
'Dat geeft toch niet,' zei Petra bewust op neutrale toon. Ze wist nu dat de gesprekken hem meer hadden aangegrepen dan ze in eerste instantie had vermoed. Veel van zijn opgekropte emoties zocht opeens een uitweg. Ze was zelf een beetje defensief geworden toen Wim Kuipers over hun eigen gevoelens begon. Eerst Liesbeth, nu hij. Ze wist dat ze met Hans moest praten om precies van elkaar te weten wat ze voelden en waar ze mee zaten, maar eerst wilde ze het gesprek met Irene bespreken.
'Ik denk dat je het een beetje te zwaar ziet,' vervolgde ze op dezelfde toon. 'Wij zijn op onze manier heus niet slecht bezig, alleen heeft niemand de wijsheid in pacht en heeft Irene ons op een heel vriendelijke manier aanwijzingen gegeven om het beter te doen. Hoor wat ik zeg: aanwijzingen. Als we ons wat aanpassen zitten we gewoon weer op de goede weg.'
'Dat is allemaal leuk en aardig, maar ik krijg steeds meer het gevoel dat we stilstaan. Ook Irene, hoe goed ze haar werk ook doet en hoe goed ze het ook bedoelt. Haar taak is om erachter te komen wat Niels verzwijgt. Tot zover is dat dus niet gelukt.'
'Dat is niet haar enige taak. Ze moet ervoor zorgen dat hij er psychisch bovenop komt, dat hij met het trauma weet om te gaan. En dat kan ook best nog even duren. Als we te snel gaan, kan dit voor Niels nadelige consequenties hebben.'
'Nog nadeligere consequenties?! Hij staat stil in zijn ontwikkeling, vanaf het moment dat de gesprekken met Irene begonnen, heeft hij met nog geen woord gerept over waar het echt om gaat!'

‘O, nee?!’ reageerde Petra heftig. ‘Wees blij dat hij normaal functioneert. Er zijn ongetwijfeld zat voorbeelden te vinden van kinderen die een zware terugval krijgen. Wat dacht je bijvoorbeeld van intensieve therapie of dagelijkse medicatie?’
Hans bleef als versteend zitten. ‘Je hebt gelijk, maar andere mensen interesseren me nu niet. Het gaat om ons,’ mompelde hij toen haar woorden tot hem waren doorgedrongen.
‘Wat ik van het verhaal van Irene begrepen heb,’ zei Petra, ‘is dat zijn onzekerheid voortkomt uit een gevoel van onveiligheid. Die onzekerheid maakt hem instabieler. Tegelijkertijd is zijn zelfbeheersing zeer goed ontwikkeld waardoor hij zijn mond niet voorbijpraat in een emotionele bui. Ik weet niet hoe hij het doet. Het moet een emotionele achtbaan voor hem zijn.’
‘Tot waar die zelfbeheersing gaat is nog maar de vraag. Als we tenminste op het verhaal van Wim kunnen afgaan.’
‘Ja, en daarom denk ik dat wij hem niet moeten willen ontzien of moeten proberen zijn emoties of energie te sturen, maar dat hij zelf een uitlaadklep moet vinden. In sport of zo.’
Hans knikte. Dat hij daar zelf niet eerder aan had gedacht. Hij werkte nota bene elke dag met het menselijk lichaam en wist als geen ander wat het belang van een goede balans tussen lichaam en geest was. ‘Een verdedigingssport. Judo of karate. Daarmee kan hij zijn frustraties niet alleen kwijt, maar krijgt hij ook meer zelfvertrouwen omdat hij zich fysiek en mentaal leert te verdedigen. Het zal structuur brengen en hij kan zijn angst beter onder controle leren te houden.’
‘Precies.’ Petra was opgelucht dat ze weer op dezelfde lijn zaten en dat ze iets concreets bedacht hadden om Niels te helpen. Het was eind november en met het oog op de komende feestdagen stelde ze voor om hem in januari op een judo- of karateschool te laten beginnen.
Het was inmiddels flink laat geworden en hoewel ze zich onafhan-

kelijk van elkaar hadden voorgenomen om vanavond ook over hun eigen problemen te praten, waren ze allebei bekaf. Bovendien had deze oplossing weer wat verlichting gebracht, waardoor ze nu niets liever wilden dan tegen elkaar aan kruipen en een nacht goed doorslapen.

23
December

Cora kwam de kamer binnen met twee volle borden in haar handen. Omdat ze stijf rechtop liep en keek alsof ze nooit iets anders deed dan eten rondbrengen, glimlachte Petra meewarig om haar moeder die zo haar best deed het gezellig te maken. Ze schrok even toen haar moeder uit balans raakte omdat ze bijna tegen een stoel aanstootte. Haar pogingen om deze kerst helemaal vlekkeloos te laten verlopen kwamen wat knullig over, maar dat maakte niet uit. Ze bedoelde het zo goed.
Normaal gesproken vierden ze kerstavond met Petra's zus Laura en haar man en kinderen bij hun ouders. De ouders van Hans leefden niet meer en zijn broers vierden kerst meestal bij hun eigen schoonfamilie. Omdat Hans en zijn broers hun onderlinge contact in stand wilden houden, kwamen ze meestal op tweede kerstdag even bij elkaar voor een kop koffie, waarna ze soms 's avonds ergens een hapje gingen eten. Volgens de traditie werden op kerstavond de cadeautjes door Petra's moeder aan de familieleden gegeven en bleef iedereen slapen. Voor Cora was deze avond een van de hoogtepunten van het jaar, al zou ze dit nooit openlijk toegeven. Voordat het grote (kinder)feest losbrak, had zij voor borden met snacks en andere lekkernijen gezorgd. Elk jaar hadden haar dochters aangeboden haar hiermee te helpen, maar de hulp werd telkens vriendelijk maar beslist afgewezen. Zij zorgde voor de hapjes en deelde de cadeaus uit. Zo was het altijd gegaan en wat haar betrof bleef dit zo. Haar man Aad hield zich steevast buiten deze discussies. Hij vond alles best, als iedereen maar gelukkig was.

Het voorstel van Hans en Petra om het bij hen thuis te vieren was goed ontvangen. Iedereen begreep dat het voor Niels fijn was zich terug te kunnen trekken als het nodig was.
Cora knielde voor de kerstboom. Ze moest even zoeken, een beetje onwennig dat het niet haar huiskamer en haar kerstboom was. Toen ze gevonden had wat ze zocht, stond ze op en liep naar haar man toe. 'Deze is voor opa.'
Aad wreef pontificaal in zijn handen. 'Kijk, dat is precies de juiste volgorde.' Hij grijnsde uitdagend naar zijn kleinzoon. 'Jouw tijd komt nog wel, jochie.'
Cora hield haar pas in. 'O, wacht even. Ik vergis me. Deze is voor... Niels.'
Aad reageerde zogenaamd teleurgesteld, terwijl Niels en de kinderen van Laura hun opa uitlachten. Hans had de grap al van mijlenver zien aankomen en genoot van de reactie van Niels.
Niels pakte het cadeautje aan van zijn oma.
'Een bal, dat zie je zo, niks bijzonders,' zei Aad quasi-verongelijkt, wat hem gegniffel van de rest opleverde.
Enthousiast scheurde Niels het inpakpapier van het kleine, bijna platte, vierkante presentje. Direct verschenen de pretlichtjes in zijn ogen toen hij zag wat hij had gekregen. 'Tiger Troopers! Gaaf! Dat is echt zo'n leuk spelletje!' Triomfantelijk hield hij het hoesje van het computerspelletje omhoog. Zijn jongere neefje en nichtje waren er als de kippen bij. 'Kijken, kijken!'
'Dat lijkt me een spannend spelletje voor je gameboy.'
Niels zakte met veel gevoel voor theater in elkaar en zuchtte hardop. 'Dit is voor de PlayStation 3, opa.'
'Wij waren al te oud voor een gameboy, pap,' zei Laura lacherig.
Hans knipoogde naar Niels. 'Het is toch wat met die opa van je, kerel. Hij begrijpt er echt helemaal niets van.'
Van ontsteltenis hief Aad zijn armen. 'Ja, hoor, neem mij maar in de maling.'

Wederom werd de kamer gevuld met gelach. Hans en Petra keken elkaar aan. Het deed iedereen goed, deze avond.
De sfeer was uitstekend en Niels genoot van elke minuut. Hoewel ze iets jonger waren, ging Niels ook goed om met zijn neefje en nichtje. Hij liet ze met zijn cadeaus spelen, wat nooit lang duurde omdat ze zelf ook continu hun eigen cadeaus aan het uitpakken waren. Maaike stond nu met haar Little Pony op en neer te springen en Koen speelde met zijn nieuwe lego.
'Eens even kijken, hoor,' zei Cora terwijl ze naar de juiste naam op een presentje zocht. 'We hebben er net een voor Koen en Maaike gehad... Ja, ik heb er weer eentje voor Niels.'
'Het is toch niet te geloven,' bromde Aad hoofdschuddend. 'Het lijkt wel of de Kerstman alleen maar aan hem heeft gedacht.'
'De Kerstman bestaat niet, opa,' zei Niels wijsneuzerig.
Aad keek verontrust door de kamer. 'Dat zou ik maar niet te hard zeggen, jongen. Ik hoop dat ie het niet heeft gehoord.'
Weer schoot iedereen in de lach.
Niels scheurde het papier van het grote, rechthoekige cadeau.
'Zó,' zei Hans bewonderend toen hij de inhoud van het cadeau kon zien. 'Spelers van de twaalf beste voetballanden in hun originele shirt!'
Niels hield de doos met daarin de staande poppetjes stijf in zijn handen. Hoewel hij een fan van het Nederlands elftal was, was er op zijn gezicht geen enkele emotie te lezen.
Hans pakte een poppetje uit de doos en hield dit omhoog. 'Spanje, de wereldkampioen. Wat een geweldig elftal en dit is een geweldige speler.'
'Landverrader,' gromde Aad. 'Die wedstrijd hadden we nooit mogen verliezen.'
Omdat Niels niet enthousiast reageerde, stopte Hans het poppetje weer terug en pakte het meest voor de hand liggende poppetje. 'Ik presenteer u de Nederlandse topscorer.'

Het leek wel of het allemaal aan Niels voorbijging. Hij staarde onbeweeglijk naar de doos.
Hans begreep niets van de stemmingswisseling van zijn zoon. Snel keek hij naar Petra en haar moeder die bezorgd naar hun zoon en kleinzoon keken. 'Is er wat, Niels? Kijk, dit is toch gaaf? Hier, de legende, de Goddelijke Kanaries. Brazilië, onbetwist het beste voetballand ter wereld!'
De reactie van Niels kwam voor iedereen als een volslagen verrassing. 'Doe dat weg!' snauwde hij tegen zijn vader die het poppetje recht voor hem hield.
Voordat Hans de kans kreeg te reageren, verhief Niels zijn stem en sloeg het poppetje uit zijn vaders hand. 'Doe dat weg!'
Aad stond op en probeerde de aandacht van zijn kleinzoon te trekken. 'Hé, zo slecht zijn ze toch niet, die Brazilianen? In mijn tijd...'
'Hou op! Ik wil dat shirt niet meer zien!'
'Nou, nou, jongen,' begon Aad weer.
'Pap!' Met ingehouden woede deed Petra een poging haar vader tot de orde te roepen.
'Je ziet toch dat die arme jongen helemaal over zijn toeren is?!' siste Cora.
'Maar...'
'Geen ge-maar. Ga zitten en laat hem met rust.'
Aad mompelde verongelijkt dat hij het goed had bedoeld, maar deed toch wat hem door zijn vrouw werd opgedragen. Hans probeerde Niels te kalmeren door de hele doos achter de stoel te leggen. Koen sloop ernaartoe om de poppetjes te bekijken en Maaike hing over haar moeders been. 'Is Niels boos, mama?'
'Nee hoor, schatje, hij houdt niet zo van voetbal. Kijk, heb je al gezien dat jouw pony van kleur kan veranderen als je hem wast?'
Laura tilde haar dochter op en liep met het cadeautje dat ze net had gekregen naar de keuken. Onderweg knikte ze naar haar man

Bert om haar te volgen en Koen mee te nemen. 'Kom, Koen, we gaan wat te drinken halen.'
Toen het weer wat rustiger in de kamer was, en Niels wat bedaard leek, probeerde Hans hem aan te spreken. 'Zo,' sprak hij op een zo gemoedelijk mogelijke toon. 'De doos is weg.'
Niels schudde zachtjes met zijn hoofd. 'Alleen dat shirt moet weg, de rest mag blijven.'
'Waarom dat shirt?'
'Daarom! Ik wil het niet meer zien. Het is slecht.'
Hans wilde doorvragen, maar hij realiseerde zich dat er daardoor nog meer onrust zou kunnen ontstaan. Dit was heel duidelijk zo'n moment waarover Wim het had gehad, maar hij maakte het nu pas bewust mee. Hij pakte het poppetje van de grond en verstopte het achter de bank. Daarna haalde hij de doos weer tevoorschijn. 'Alstublieft, meneer. Alle mooie spelers zijn weer terug. De slechte is afgevoerd.'
Niels glimlachte flauwtjes.
Na het incident met het poppetje pakte Cora het uitdelen weer op. Er waren nog een paar cadeautjes te gaan en Bert en Laura kwamen met een dienblad fris terug uit de keuken. Iedereen deed zo vrolijk mogelijk, maar het werd niet meer zo ongedwongen als aan het begin van de avond. Toen het laatste cadeautje was uitgereikt en Cora naar de keuken liep om wat op te ruimen en een laatste rondje drankjes te halen, kwam Petra achter haar aan. Op het moment dat ze uit het zicht van de rest waren, viel Petra in de armen van haar moeder. Ze begon te snikken en alle opgekropte spanning kwam eruit.
'Goed zo, kind,' fluisterde Cora. 'Laat het maar gaan, dat is goed voor je.'
'Het was vreselijk, mama,' snikte Petra. 'Heb je zijn reactie gezien? Hij was bang. Bang voor een poppetje. Wat gaat er toch allemaal door dat koppie heen? Wat moet ik doen om hem te helpen? Ik voel me zo machteloos. Mijn kind zit in een hel en het is mijn taak

om hem eruit te krijgen... Maar het lukt me niet. Het lukt ons niet, want Hans lijdt hier net zo onder als ik. We voelen ons zo hulpeloos. Als ouders falen we compleet.'
Cora trok haar dochter dichter tegen zich aan. 'Je zit erdoorheen, lieverd. Laat het maar gaan. Ik kan goed begrijpen dat het nu zwaar voor jullie is, maar jij en Hans mogen jezelf niets verwijten. Jullie roeien met de riemen die je hebt. En je weet dat papa en ik altijd voor jullie klaarstaan. Onthoud dat goed, lieverd. We zijn er als jullie hulp nodig hebben. Niels is onze kleinzoon en wij houden zielsveel van hem.'
Ze voelde hoe ook bij haar de tranen opkwamen, maar beheerste zichzelf. Ze moest er nu voor haar dochter zijn, sterk zijn.
Op dat moment kwam Hans binnen. Zonder een woord te zeggen draaide hij zich om en liep weer terug de kamer in. Het liefst wilde hij Petra ook omhelzen, het deed hem pijn haar zo te zien, maar hij liet het nu even aan haar moeder over. Blijkbaar had ze daar meer behoefte aan.
Terug in de kamer keek hij naar hun zoon die in zijn karatepak met zijn rug naar de doos met voetbalpoppetjes zat. Hij leek op te gaan in het legobouwsel dat hij met Koen aan het maken was. Gelukkig stond januari voor de deur. Dan kon Niels aan de karatelessen beginnen en zou het hopelijk beter met hem gaan. Ze waren even bang geweest dat hij zou weigeren. Weer nieuwe mensen, weer nieuwe dingen om te leren. Maar hij leek ernaar uit te kijken en hij had in zijn enthousiasme het karatepak dat hij vanavond had gekregen meteen aangetrokken. Het zou vast allemaal goed komen, maar Hans vond het moeilijk om optimistisch te blijven. Hij had vakantie genomen om die met zijn gezin door te kunnen brengen, maar hij betrapte zich erop dat hij er wel een beetje tegenop zag. Opeens kreeg hij de overweldigende behoefte Niels vast te pakken en nooit meer los te laten.

24
Januari

Rechercheur Carlo Martuccia opende de deur van zijn appartement en stapte naar binnen. Hij liep de woonkamer in waar de televisie aanstond. Zijn vrouw Ciara stond op van de bank en kuste hem.

'Dag, schat,' zei Martuccia. 'Hoe was je dag?'

Ciara haalde haar schouders op. 'Lang en vermoeiend. Die wisseldiensten zijn slopend.'

Martuccia keek gemaakt verbaasd. 'O, ja?' Als rechercheur draaide hij altijd onregelmatige diensten en wist er dus alles van.

Ciara ging mee in zijn act. Ze trok een beteuterd gezicht en duwde hem speels van zich af. 'Weg, jij bent gemeen.'

Martuccia stapte snel naar voren en nam haar in zijn armen. 'Och, meisje. Wat heb ik naar je verlangd.' Ze slaakte een zucht en ontspande zich wat.

'Ik ook naar jou, sterke politieman.'

'Nou, van dat sterke is nu weinig meer over. Ik ben ook kapot.'

'Dat geloof ik graag,' antwoordde Ciara spottend. 'De hele dag op kantoor zitten en afsluitend een etentje met je collega's om de laatste zaken door te nemen. Op rekening van de staat, dus uitstekend eten en prima wijn. Tja, dan kan ik me voorstellen dat je er 's avonds om halfelf helemaal doorheen zit.'

Martuccia grijnsde. 'Helaas strookt jouw beschrijving niet met de werkelijkheid. Het eten en de wijn waren inderdaad goed, maar dat kan niet gezegd worden van de sfeer. Het is een wonder dat er geen klappen zijn gevallen.'

Ciara was op slag serieus. 'Was het zo erg?'

'Jammer genoeg wel, maar genoeg over werk.' Hij hield zijn hand net boven zijn adamsappel. 'Dat gezeik van vanavond zit me echt tot hier.'
Ciara kneep hem in zijn arm en knipoogde. 'Je bent nu lekker thuis. Ga naar die kleine kijken en fris je even op. Ik zal alvast een fles wijn opentrekken.'
'Goed plan.' Hij kuste haar snel en draaide zich om. 'Ik zie je zo.'
Zo lichtvoetig mogelijk liep hij naar de slaapkamer van hun zoontje Gianni. Hij duwde de deurklink langzaam naar beneden, opende de deur en liep behoedzaam naar binnen. Met uiterste precisie trok hij een stoel op wieltjes bij en ging zachtjes zitten.
Elke keer als hij naar zijn zoontje keek werd hij warm. Zeker als hij zo lief lag te slapen. Dat kon overdag wel anders zijn. De kleine aap.
Hij had het getroffen. Met zijn vrouw, met zijn familie. Zowel zijn eigen moeder als die van Ciara stond altijd voor hen klaar. De oma's kwamen geregeld met briljante ideeën waarmee ze in de opvoeding van Gianni verder konden. Zo'n tip kon van alles zijn; trucjes om hem te laten eten, in slaap te laten vallen of gewoon met iets heel simpels urenlang bezig te houden. Waar het de opvoeding van kinderen betrof hadden deze ervaren vrouwen overal wel een antwoord op. Terwijl hij naar zijn zoontje bleef kijken, ontspande hij zich. Wat was het toch een prachtig ventje.
Op dit soort momenten vond hij dat hij hem veel te weinig zag, maar hij wist heel goed dat hij met dit werk zijn roeping had gevonden en het moest doen. Zijn moeder en schoonmoeder hadden onderling een soort dienstrooster opgesteld, zodat ze bij hun kleinkind konden zijn als Ciara en hij gelijktijdig aan het werk waren. Ditzelfde deden ze bij een aantal andere kleinkinderen van wie beide ouders werkten, waardoor het hem een raadsel was dat ze zoveel tijd aan al die kinderen konden besteden. Maar ze deden het uit liefde en wilden niets horen over tijd die ze voor zichzelf

konden besteden. Dit was wat ze het liefst in hun vrije tijd deden! Ook was het een onderdeel van de traditie die bij beide families hoog in het vaandel stond.
Alles stond in het teken van de kinderen, dacht hij. Een van de heilige huisjes in Italië. Was hij daarom ook bij de politie gegaan, om de straten veilig te houden voor de kinderen? Voor zijn eigen kind? Het klonk zo clichématig, maar vanavond tijdens het etentje, dat eigenlijk een vergadering was, bleek dat deze opvatting sterk onder zijn collega's leefde. Veel van hen hadden kinderen en mede hierdoor hadden ze grote moeite met die ene beslissing van de korpsleiding. Vanaf vandaag was de moordzaak van 'het monster van Garda' officieel gesloten. Voor de publieke opinie was dat al maanden geleden gebeurd, maar intern had zijn team het onderzoek, met zeer beperkte middelen, weten te rekken. De moord op het Duitse ventje Mats ging de boeken in als opgelost, terwijl het in de ogen van bijna al zijn collega's een typisch geval was van een cold case. Al beweerde iedere hoge pief dat de zwerver Ottavio Galli de moordenaar was, zij wisten wel beter. In hun ogen maakte de leiding een fout. Misschien wel een cruciale die hen ooit nog eens lelijk zou opbreken.
Hoewel hij de mening van zijn collega's deelde, kon hij toch begrip opbrengen voor de beslissingen van zijn superieuren. Het aantal overvallen steeg, het drugsgebruik nam toe waardoor de handel hierin floreerde en de problemen met emigranten groeiden hen boven het hoofd. Gevleugelde woorden als 'beperkt budget' en 'prioriteiten stellen' had hij intussen maar al te vaak gehoord. Niemand had ook maar enige inspraak. Het werd dan niet met zoveel woorden gezegd, maar als je onoverkomelijke bezwaren had, kon je je biezen pakken. De beslissing was definitief en onherroepelijk. Hij moest dus zijn baan zien te behouden. Voor zijn vrouw en kind.
Carlo stond langzaam op. Hij boog voorover en gaf hem zo zachtjes mogelijk een kus op het voorhoofd. Even bewoog Gianni zich

en Carlo hield zich doodstil, maar Gianni sliep rustig verder. Hij zond zijn zoon nog een luchtkus en liep voorzichtig naar de deur. Hij had zin om samen met zijn vrouw een goed glas wijn te drinken. Als ze eenmaal aan de praat raakten, verdween de stress van zijn werk naar de achtergrond en kon hij eindelijk genieten van de avond.
Een heerlijk vooruitzicht.

25

Petra trok voor Hans een biertje open. Zelf hield ze het bij water, dat leek haar nu het verstandigst. Het was halfelf, Niels sliep en Hans keek tv. Dit was het ideale tijdstip. Het gesprek waar ze tegenop had gezien zou ze nu moeten voeren.

Nadat haar ouders en haar zus op kerstavond naar huis waren gegaan en Niels naar bed was, had zij met Hans nog zitten praten. Hij had gevraagd hoe het met haar ging, gezegd dat hij zag dat ze eraan onderdoor ging, maar ze had afwerend gereageerd, ondanks haar goede voornemen met Hans te praten. Ze hadden zich afgevraagd wat er gebeurd kon zijn dat Niels zo fel op het Braziliaanse voetbalshirt had gereageerd. Het moest met de vakantie te maken hebben. Hij moest iets gezien hebben wat hij met het shirt associeerde. Ze zouden het zo snel mogelijk aan Irene vertellen om te zien of zij er iets mee kon. Hans had een arm om Petra heen geslagen en gezegd dat zij misschien ook eens met Irene moesten praten. Petra had geknikt, maar was opeens leeg en moe. Ze beloofde erop terug te komen, maar nu wilde ze niets liever dan naar bed.

Zo relaxed als Petra altijd was geweest, des te sneller raakte ze nu geïrriteerd. Ze had af en toe zin om het kwaadschiks uit Niels te trekken, maar schrok meteen van haar eigen gedachten. Dan troostte ze zich met de gedachte dat ze alles probeerden om zijn ontwikkeling te bevorderen. De karatelessen waren daar een voorbeeld van. In eerste instantie had Niels wel verbaasd gereageerd op hun voorstel om op een verdedigingssport te gaan, maar toen hij mocht kiezen werd hij toch enthousiast over karate. Hij had pas een paar lessen gehad, maar het was een begin. Ze hadden weer een stap gezet. Hopelijk was het een juiste, dat bleef toch afwachten. Hoewel dit niet door Hans of haar hardop werd gezegd, groeide de onderlinge irritatie in hun relatie. Het ging om pietluttigheden. Zaken waar je in een normale situatie overheen stapte. Van de week was het voor Petra genoeg. Ze volgde Liesbeths advies op en had een gesprek met Irene aangevraagd. Daar gooide ze alles eruit. Het had haar opgelucht, maar ze had zich ook leeg en kwetsbaar gevoeld. Hoe moest het nou verder? Zouden ze zich erbij moeten neerleggen dat ze nooit precies te weten kwamen wat er gebeurd was? Zou Niels er zijn hele leven last van hebben, of zou het volgend jaar beter zijn? Ze hadden geen druk op hem gelegd, maar daardoor leek hij zich voor een deel steeds meer van hen af te wenden. Hij deed weer vrij normaal, eigenlijk moesten ze blij zijn, misschien was hij ook veerkrachtiger dan ze dachten, maar de gebeurtenissen op kerstavond leken toch weer op het tegendeel te wijzen. Irene had gezegd dat ze aan wilde kijken hoe Niels ging reageren op de karatelessen die toch een vorm van therapie voor hem waren, maar dat Petra vooral met Hans moest gaan praten om het wederzijdse vertrouwen weer terug te krijgen en om ervoor te zorgen dat ze juist wel op elkaar konden steunen. Er was niets moeilijkers dan hulp vragen, zeker voor ouders die zo verantwoordelijk voor hun kind waren als zij. Maar je kon er nooit genoeg voor je kind zijn, als je er niet voor elkaar was. Petra wist het, maar voor het eerst voelde ze ook dat het anders moest. Irene had haar gecomplimenteerd met het feit dat ze al een juiste stap had genomen door met haar te komen praten. Nu moest ze dat thuis ook doen.

Ze liep de kamer binnen, zette het biertje op de tafel voor hem neer en nam zelf plaats op de bank.

Hans keek een beetje weg van de televisie, zag het biertje en zei: 'Lekker, dankjewel.'

Ze nam een slok van haar water en ademde nog eens diep in. 'Waar kijk je naar?'
Hans trok een bedenkelijk gezicht. 'Een actualiteitenprogramma. Het komt allemaal op hetzelfde neer. Politici die over elkaar vallen. Een hoop gezever, ik zet het zo uit.'
Petra knikte. 'Dat komt goed uit.'
'Hoezo?'
'Ik wil vanavond met je praten.'
'Oké.' Het klonk wat aarzelend. Hans had de televisie al zachter gezet en drukte deze nu uit. Ze had zijn volle aandacht.
Petra schraapte haar keel. 'Ik ben met Irene gaan praten. Je had gelijk. Ik trok het niet meer. Dit is niet verwijtend bedoeld. Ik weet dat jij je best hebt gedaan, en toch, we praatten erover maar misschien nooit helemaal eerlijk. Ik in elk geval niet en ik denk dat jij ook niet alles hebt verteld. Om mij te sparen. Ik wilde sterk voor Niels zijn, voor jou. Jullie hebben niets aan een zenuwachtige moeder en vrouw. Maar ik zie nu pas in dat dit niet werkt. Die grote woorden van mij in de zomer dat we ons er samen doorheen zouden slaan, die zijn niet opgegaan. Ik wil daar wat aan doen. Met jou.'
Hans knikte. Ergens knaagde het een beetje dat ze niet gezegd had dat ze een afspraak met Irene had gemaakt, maar dat was tegelijkertijd zijn advies geweest en hij kon haar niet iets verwijten wat hij zelf ook niet deed. Hij schudde het gevoel van zich af en wist dat hij haar aan moest horen. En dan zelf ook eerlijk moest zijn.
'Ik zie hoe jij je uiterste best doet om toch zo positief mogelijk met deze rotsituatie om te gaan en ik heb het idee dat ik het ook wel aardig doe,' ging ze verder.
'Aardig?' grijnsde Hans. 'Je doet het geweldig. Je bent een heel sterke vrouw, Petra. Ik ben ontzettend trots op je.'
'Toch is er wrevel, Hans. Dat weet jij net zo goed als ik. Kleine irritaties en frustraties die we proberen te verbergen, wat vaak wel en soms niet lukt.'

'Vind jij dat dan gek? We krijgen nogal wat op ons bordje geschoven. Nu die karatelessen weer. Dat brengt ongewild toch spanningen met zich mee. Hoe pikt hij het op? Wordt het een succes of eindigt het in een drama?'

Petra schudde met haar hoofd ter ontkenning. 'Nee, dat vind ik normaal. Tenminste, ik denk dat het normale reacties zijn. Ik heb het ook nog nooit eerder meegemaakt. Die karatelessen zie ik als een verlengstuk van zijn therapie. Hij is pas bezig, maar hij is tot nu toe wel enthousiast. Daar hou ik me aan vast. Maar het is niet genoeg. Ik realiseer me nu dat we onze gevoelens hebben weggestopt om zo sterk mogelijk over te komen. Omdat we vooral de ander niet willen belasten met de problemen waarmee we zelf kampen. Maar als wij het niet meer trekken, bereiken we precies het tegenovergestelde.'

Hans had terwijl hij luisterde zijn handen onder zijn kin gelegd en keek haar strak aan. Hij verbrak als eerste de stilte die plotseling in de kamer hing. 'Ik ben zo blij dat je dit ter sprake brengt. Ik worstel ook met mezelf maar heb het steeds voor me gehouden. Dacht dat dit het beste was. Maar nu zie ik pas in dat ik mezelf voor de gek heb gehouden. Ik heb wel geprobeerd er met je over te beginnen, maar wist ook niet precies hoe, zeker niet als je je terugtrok. Laten we nu dan ook helemaal eerlijk zijn. Hoe erg is het met jou?'

Petra haalde haar schouders op. 'Ik overleef het wel, maar het zou me goed doen om er met jou over te praten. Ik zie nu ook dat het zo niet langer gaat.'

Hans stond meteen op, ging naast haar zitten en sloeg zijn armen om haar heen. 'Ik heb je veel te vertellen, lieverd,' fluisterde hij.

'Ik jou ook.' Ze voelde de eerste tranen al komen en deed geen moeite ze tegen te houden.

26

Maart

Ben Holdinga riep zijn leerlingen bijeen. Het laatste kwartier van de les wilde hij aan sparren besteden, een vrije vorm van duelleren waarin vaste technieken werden gebruikt. De twaalf leerlingen staakten hun oefening en gingen recht voor hem staan. De discipline sloop er langzaam maar zeker in, wat hem goeddeed. Dit was een beginnersklas voor leerlingen met een witte tot en met een oranje band. Je kon van hen nog niet dezelfde ijzeren discipline verwachten die tijdens de lessen van de gevorderden een vanzelfsprekendheid was.
'Het laatste deel van de les gaan we sparren,' sprak hij op rustige toon. 'Hierin wil ik enkel de technieken zien die wij de afgelopen weken hebben behandeld. Probeer alles wat je kent te gebruiken, maar alleen wat je hier geleerd hebt. Geen freestyle, dus.' Dat zei hij er expliciet bij omdat er leerlingen waren die van een andere verdedigingssport waren overgestapt naar karate. Daar namen ze onbewust technieken van mee die niet strookten met zijn sport en manier van lesgeven.
Hij verdeelde de groep in zes stelletjes die tegenover elkaar gingen staan. Toen hij kort in zijn handen klapte, namen zij hun basishouding aan.
'Succes,' zei hij en hij deed een paar stappen naar achteren om ruimte te maken voor de beginners die er, opgezweept door hun enthousiasme en beperkte technieken, ongetwijfeld in zouden vliegen.
'Semicontact,' reageerde hij na enkele seconden beslist toen een jongen iets te hard op het lichaam van zijn tegenstander stootte.

'Het is niet de bedoeling lucht te raken of iemand te blesseren. Je bewegingen moeten beheerst en doeltreffend zijn.'
Het mocht er bij de gevorderden dan feller en harder aan toegaan, door hun onervarenheid in het karate was de kans op blessures bij deze groep toch wat groter. Zijn aandacht werd getrokken door Eelco en Niels, rustige jongens die qua postuur en techniek niet veel voor elkaar onderdeden. Eelco was twee jaar ouder dan zijn tegenstander en een paar centimeter langer. De schop die Eelco uitdeelde was technisch goed. De bal van zijn voet toucheerde de linkerschouder van Niels. In plaats van terug te stappen, bleef Niels even verstijfd staan. Eelco reageerde uitstekend door zijn gewicht naar voren te plaatsen en met zijn linkerhand een stoot af te leveren die de rechterschouder van Niels raakte. Eelco had hiermee in een mum van tijd twee punten gescoord, maar opeens verraste Niels hem door vooruit te stappen en een razendsnelle serie stoten met zijn vuisten uit te delen. Hiermee schond hij niet alleen de afspraken over welke technieken er gebruikt mochten worden, maar de stoten waren ook veel te hard.
'Stop!' riep Holdinga en hij stapte op Niels af. Niels hield onmiddellijk op en keek hem een beetje beschaamd aan. Alsof hij zelf niet goed wist waarom hij het deed.
Niels keek even naar Eelco, toen bijna bewonderend naar zijn vuisten en verontschuldigde zich.
Eelco stak zijn duim op en glimlachte schaapachtig. 'Niets aan de hand.'
Ben moest duidelijk maken dat hij dit gedrag niet tolereerde, maar hij kon ook aan Niels zien dat die niet kwaadwillig gereageerd had. Het was eerder een soort instinctieve reactie geweest. Hij zag de jongen ontspannen en opgelucht kijken, maar of dat nou was omdat hij Eelco niet echt pijn had gedaan, of omdat hij zichzelf had verrast met zijn techniek, kon Ben niet goed peilen. Hij dacht aan het gesprek dat hij met diens vader had gehad. De man had hem

uitgelegd dat Niels er een eigen verdedigingssysteem op nahield en zijn stemming snel kon omslaan. Dat hij boos kon worden, maar zich meteen kon herstellen. Karate was hopelijk een manier om zijn zoon een ander soort zelfbeheersing aan te leren. Tijdens eerdere lessen was hem niet zoveel geks opgevallen, maar hier had hij even een rauw randje van Niels gezien. Hij zou hem extra in de gaten houden. Ben stapte terug en klapte in zijn handen.
'We gaan verder, heren. Ditmaal geen ongeoorloofde technieken meer, anders kunnen jullie meteen gaan douchen.'
De jongens maakten een korte buiging naar hun leraar en namen hun basishouding weer in.

27

April

Hans moest zich inhouden om niet op zijn claxon te drukken toen de auto voor hem tergend langzaam optrok bij het verkeerslicht. ‘Schiet toch eens op, man,’ gromde hij tussen opeengeklemde kaken door. ‘Ik heb niet de hele dag de tijd.’
Het was kwart voor twaalf in de ochtend en vanaf het moment dat ze waren opgestaan was hij constant in de weer geweest. Dit was zo’n dag die chaotisch was begonnen en waarin de rust maar niet wilde terugkeren. Hij baalde als een stekker toen de bestuurder van de auto voor hem direct afremde toen het verkeerslicht weer op oranje sprong, maar wist zich redelijk te beheersen. ‘Goed zo, kerel. Wat ben je toch een verantwoordelijk type. Daar hebben we er meer van nodig. Bij voorkeur buiten Nederland.’
Hij wist dat hij onredelijk was, wat hem niets kon schelen. Hij moest stoom afblazen. Dit gemopper was wel zo veilig.
Wat een dag, dacht hij, niet voor het eerst. Na de prima verlopen paasdagen waarin ze met z’n drietjes veel tijd in de bossen hadden doorgebracht, hadden ze zich vanmorgen verslapen. Het was slechts een kwartiertje, maar die vijftien minuten hadden ervoor gezorgd dat ze steeds achter de feiten aan waren gehold.
Snel wat brood gegeten en koffie en thee naar binnen gegoten. Vlug wassen, voor douchen was geen tijd, tanden poetsen en in rap tempo in de kleren. Petra had Niels naar school gebracht en hij was naar de praktijk geracet. Voor ochtendtelevisie, de krant of een kijkje op internet was geen seconde tijd.
Even voor halftwaalf had Petra hem op de praktijk gebeld. Dat

was op zich al bijzonder, want zij belde hem niet of nauwelijks tijdens zijn werk. Meestal was hij met een patiënt bezig en dan was het vervelend om gestoord te worden. Er moest dus iets aan de hand zijn. Toen een collega hem meldde dat zijn vrouw aan de lijn was, had hij snel de massageolie van zijn handen geveegd en was op een drafje naar de telefoon gelopen. Zijn grootste angst als Petra belde was dat er iets met Niels aan de hand was. Petra was samen met Niels thuis, zei ze toen hij de telefoon oppakte. Hij was voor de rest van de dag van school gestuurd vanwege een ruzie op het schoolplein. Verder wilde ze hierover niets kwijt, alleen dat Niels oké was. Hij had geen ongeluk gehad of een ander lichamelijke kwetsuur opgelopen. Dit stelde hem gerust, maar dat Petra erop stond dat hij direct naar huis kwam, weer niet. Er was dus wel degelijk iets aan de hand.
Gelukkig werkten zijn collega's zonder problemen mee en zat hij even later in zijn auto op weg naar huis. Wat stond hem daar te wachten? Deze vraag bleef constant door zijn hoofd spoken.
Toen hij de auto voor de deur van hun huis parkeerde was hij blij dat hij er eindelijk was, maar wat nu?
Petra en Niels zaten samen op de bank. Ongemakkelijk, dat was het eerste wat hem opviel. Petra deed een poging neutraal te kijken, maar het gezicht van Niels sprak boekdelen: hij keek stuurs. En schuldig.
Hij nam plaats op de stoel tegenover hen. 'Zo, wat is er aan de hand?' Hij vroeg het zo rustig mogelijk.
Het duurde een paar seconden voordat Petra het initiatief nam. Ze had even gewacht om Niels de kans te geven zelf te antwoorden. 'Zoals je weet moest ik vanmorgen naar Utrecht om inkopen te doen voor de zaak. Op de weg terug kreeg ik een telefoontje van Wim. Hij vertelde dat er iets met Niels op het schoolplein was voorgevallen, een ruzie, en vroeg me om hem zo spoedig mogelijk op te komen halen. Niels was voor de rest van de dag geschorst en als

wij met hem hadden gesproken, kon hij morgen weer terugkomen.'
Hans fronste zijn wenkbrauwen. 'Ruzie op het schoolplein? Hoezo dan?'
Niels reageerde niet. Hij bleef voor zich uit kijken, niet van plan een en ander duidelijk te maken.
'Niels heeft in de pauze gevochten met Chris Bakker,' zei Petra. 'Alleen Niels heeft geslagen, dat is waarom hij is geschorst.'
'Die Chris,' wilde Hans weten, 'is dat een klasgenootje van jou, Niels?'
Niels keek zijn vader even aan en schudde z'n hoofd.
Petra vertelde verder. 'Hij zit een groep lager.'
Hans wendde zich weer tot Niels. 'Dus jij hebt een jongen geslagen die jonger is, en ik neem aan kleiner, dan jij? Daar moet je wel een heel goede reden voor hebben.'
Niels bleef zwijgen.
Petra pakte hem bij zijn schouder. Hans zag aan haar lichaamstaal dat ze onzeker was. Ze leek te twijfelen over hoe ze zich het best tegenover Niels kon opstellen. 'Vertel aan papa waarom je Chris hebt geslagen.'
'Nee.'
'O, nou ik weet toevallig van meneer Kuipers waarom jij hem hebt geslagen. Zal ik het dan maar tegen papa zeggen?'
Hans zag dat nu ook de twijfel bij zijn zoon toesloeg. Hij wilde het liever niet zeggen, maar zag wel in dat de waarheid toch boven water zou komen.
'Nou, moet ik het tegen papa zeggen?'
Niels schudde z'n hoofd. 'Hij schold papa uit en toen heb ik hem voor zijn bek geslagen.'
'Zijn gezicht,' corrigeerde Petra.
'Dat moet behoorlijk grof zijn geweest,' zei Hans. Niels was absoluut geen vechtersbaas, dus moest het wel iets heel gemeens zijn geweest.

'Hij zei: "Je vader is een pedo."'
Hans' mond viel open van verbazing. Het was nauwelijks te geloven wat hij zojuist had gehoord. 'Hij zei wát?'
'Je vader is een pedo en toen heb ik hem voor zijn be... zijn gezicht geslagen.'
'Wat is een pedo eigenlijk?' vroeg Petra.
Niels keek haar vol ongeloof aan. 'Weet jij dat dan niet?'
'Jawel, hoor. Maar ik vraag me af of jij het ook weet.'
'Dat is een oude man die vieze dingen met kleine kinderen doet.'
Hans zuchtte. 'Zoiets, ja. Maar hoe zit het eigenlijk met je karate? Daar leer je toch zelfbeheersing? Daar leer je toch dat jij nooit als eerste het gevecht moet aangaan?'
'Hij begon,' antwoordde Niels beslist en hij stond op. 'Ik moet poepen.'
Petra knikte naar de deur die de huiskamer met de gang verbond. 'Nou vooruit. Je weet waar de wc is.'
Toen ze hoorden hoe Niels de deur van het toilet achter zich sloot, stond Hans op en ging naast Petra zitten.
'Heeft Kuipers nog wat gezegd?' fluisterde hij.
Petra knikte. 'We hebben kort gesproken. De vader van Chris is journalist. Vanmorgen heeft Chris een telefoongesprek van hem opgevangen. Hij heeft een paar woorden kunnen verstaan en er zelf iets bij verzonnen. Tenminste, dat denken we. Ik heb de vader van Chris nog niet gesproken.'
'Ik kan niet geloven dat een vader zulke dingen in het bijzijn van zijn kind zegt. Zeker geen journalist.'
'Zo zag Wim het ook en daar ben ik het mee eens. Chris heeft iets opgevangen en zijn fantasie is met hem op de loop gegaan. Heel normaal voor een jongen van zijn leeftijd.'
Hans maakte een stopgebaar met zijn hand. 'Dat is allemaal mooi en aardig, maar wij zitten er nu wel mee.'
'Inderdaad,' zei Petra.

Na die vreselijke avond bij het Gardameer waren ze naar huis gegaan en min of meer ondergedoken voor de pers. Ze wilden geen publiciteit en het handjevol journalisten dat hen toch wist te vinden, had dit gerespecteerd. Ze werden met rust gelaten en konden verder met hun leven. Tot nu. Want dit incident kwam toch hard bij hen aan. Was dit het begin van nog meer publiciteit? Zouden de media hen ditmaal niet met rust laten?
'Wacht eens even,' begon Hans. 'Wat kreeg die vader voor een telefoontje? Ik heb door alle haast nog geen krant opengeslagen of nieuws gezien of gehoord vandaag.'
'Ik kijk even op internet,' sprak Petra beslist. 'Misschien staat er iets belangrijks in de landelijke dagbladen.'
'Ja, doe dat.'
Petra pakte haar laptop terwijl Hans naar de deur liep en luisterde of hij Niels van het toilet hoorde komen. Achter zich hoorde hij hoe Petra diep inademde.
'Dit kan niet waar zijn...' stamelde ze.
Hans draaide zich om en zag dat ze wit wegtrok. 'Wat is er in godsnaam aan de hand?'
Petra haalde diep adem. 'Er is weer een kind vermoord bij het Gardameer.'

28

Terwijl ze het bericht snel hadden gelezen, was Niels van het toilet gekomen. Tot zijn verbazing hadden zij hem naar zijn kamer gestuurd 'omdat ze even met elkaar wilden praten'. Hij moest maar alvast huiswerk maken, of op zijn computer gaan spelen. Dat laatste hoefden ze hem geen twee keer te zeggen, maar het verbaasde hem wel. Tenslotte was hij niet van school gestuurd omdat hij zo braaf was geweest. Omdat hij het risico niet wilde lopen dat zijn ouders alsnog van mening veranderden, was hij direct naar zijn kamer gegaan.
Het duurde even voordat ze eruit waren. Ze hadden eerst internet doorgespit op zoek naar zo veel mogelijk informatie over dit nieuwe drama. Op een camping aan het Gardameer was de avond tevoren een twaalfjarige Engelse jongen vermoord. Hij was gewurgd, meer details werden niet prijsgegeven. De politie was met man en macht uitgerukt, maar van de dader ontbrak tot nog toe elk spoor. Hier en daar werd gerefereerd aan de moord op Mats, een klein jaar eerder.
De overeenkomst met de moord op het Duitse ventje was griezelig. Wat moesten ze nu doen? Moesten ze eerst met Irene overleggen? De kans was groot dat Niels het binnen afzienbare tijd mee zou krijgen, of misschien had hij het al gehoord, vandaag op het schoolplein. Uiteindelijk hakte Petra de knoop door. Ze moesten het er met Niels over hebben. Hans stemde uiteindelijk in met haar idee. Niels werd naar beneden geroepen en hij nam op de stoel tegenover hen plaats.

‘We willen even met je praten,’ begon Petra. ‘Er is iets heel ergs gebeurd.’
‘Wat dan? Mag ik nooit meer op school komen?’
‘Dit gaat over het Gardameer, Niels,’ ging Hans verder. ‘Het is een hele schok. We lezen net op internet dat er weer een jongetje is vermoord. Gisteravond laat.’
Niels zette grote ogen op. Hij had het duidelijk nog niet gehoord. ‘Net zoals Mats...’
‘Inderdaad,’ bevestigde Petra. ‘En de politie is nog steeds op zoek naar degene die het heeft gedaan.’
Niels werd onrustig. Hij beet afwezig op een nagel. ‘Weet Irene dat wij hierover praten?’ mompelde hij.
‘Nee,’ antwoordde Hans openhartig. ‘Wij hebben ervoor gekozen om het als gezin te bespreken. Over Irene kun je gerust zijn. Wij houden haar echt wel op de hoogte en zullen haar precies vertellen waarover we hebben gesproken. Tenzij je haar erbij wilt hebben.’
‘Kom even bij ons zitten, lieverd,’ zei Petra terwijl ze opschoof om ruimte te maken. Niels deed wat ze vroeg en ging tussen hen in zitten.
‘Wij denken dat de man die gisteren dat Engelse jongetje heeft vermoord ook Mats dood heeft gemaakt,’ sprak Hans rustig. ‘En we begrijpen heel goed dat het voor jou moeilijk is om erover te praten. Met Irene, met ons, met iedereen. Maar ik vraag je nu om sterk te zijn. Vertel ons de waarheid.’ Hans legde zijn arm om zijn schouder. ‘Jij bent ons kind en je weet dat wij ontzettend veel van je houden.’
Niels knikte.
‘Datzelfde gold voor de ouders van Mats en van dat Engelse jongetje. Die hielden ook heel veel van hun zoon.’
Petra zag de eerste tranen in de ogen van Niels verschijnen. ‘Als de man die Mats heeft vermoord inderdaad dezelfde is als de man die dat Engelse jongetje heeft vermoord, kan het zijn dat hij het

nog een keer doet. Misschien volgend jaar, misschien volgende maand, maar het kan ook volgende week zijn. Hij moet worden tegengehouden.'

'Daarom is het zo belangrijk dat jij ons de waarheid vertelt, Niels,' ging Hans verder. 'Dit mag niet nog een keer gebeuren.'

Terwijl ze spraken hield Petra de lichaamstaal van hun zoon scherp in de gaten. Niels trok zich weer terug in zijn eigen wereld.

'Laten we nog eens teruggaan naar die avond. Het feest was net afgelopen en jullie zouden met z'n viertjes weer naar huis gaan. Maar dat gebeurde niet, Thijs kwam alleen op zijn fiets aanrijden en vertelde dat jij samen met Mats was.'

'Dit heb ik al zo vaak verteld. Mag ik nu weer gaan computeren?' Niels stond op.

Petra pakte zijn arm. 'Lieverd, luister. Ik wil dat je geen pijn en angst meer hebt. Je moet het ons nu vertellen, anders kunnen we je niet helpen.'

'Ik hoef niet geholpen te worden.'

Hans greep in. 'Dat denk je maar. En zelfs als dat klopt, dan moeten de ouders van Mats en die andere jongen wél geholpen worden.'

'Kom maar weer zitten. Het zal je opluchten als je het verteld hebt. Wij zijn bij je, er kan je niks gebeuren.'

Niels leek te twijfelen, maar ging uiteindelijk zitten. 'Hij wilde nog een sigaretje roken. Dat mocht hij niet van zijn ouders, dus wilde hij dat in de bosjes gaan doen. Ik moest op zijn fiets letten.'

Dit wisten ze al, maar ze probeerden hem zo goed mogelijk door de herinnering te loodsen. 'Dus Mats ging in de bosjes een sigaretje roken en jij hield de wacht bij de twee fietsen,' stelde Petra. 'Stonden jullie ver uit elkaar?'

Niels haalde zijn schouders op. 'Best wel ver. Ik kon hem niet zien, of zo.'

'Maar toch ging je naar hem toe. Had je soms wat gehoord, of riep hij jou?'

'Nee, het duurde me gewoon te lang. Ik heb de fietsen neergelegd en ben toen naar hem toegelopen.'
'En toen?'
'Toen ik in de buurt was, zag ik iets bewegen. Ik dacht dat het Mats was, maar toen ik hem zachtjes riep gaf hij geen antwoord.'
'Dus besloot je om naar hem toe te gaan.'
'Ja, het werd veel te laat en ik wist dat, als we niet meteen teruggingen, ik op mijn kop van jullie zou krijgen.'
Hans kneep zijn lippen op elkaar. Hij vond het vreselijk om te horen dat Niels zich op dat moment voornamelijk zorgen had gemaakt dat hij van hen op zijn kop zou krijgen. Stel je voor dat hij eerder naar Mats was gegaan, spookte het door zijn hoofd. Dan had misschien niet Mats...
'Ik zag een schaduw en liep er door de bosjes naartoe.' Zijn verhaal stokte. Hij sloot zijn ogen en haalde diep adem. Hij begon een beetje naar voren en naar achteren te wiegen.
Petra wreef hem over zijn rug en probeerde hem aan de praat te houden. 'Je zag een schaduw? Was dat Mats?'
'Mag ik niet zeggen.'
Petra voelde aan dat dit het cruciale moment was. Nu moest ze zijn verdediging doorbreken en hem uit zijn wereld trekken. 'Verstop het niet langer, Niels. Vertel ons de waarheid.' Na deze woorden vermeed ze de blik van Hans.
Niels' lip begon zachtjes te trillen.
'Waarom mag het niet?' drukte Petra door. 'Van wie mag het niet?'
Niels schudde zijn hoofd. Hij begon te beven. 'Mag niet. Anders komt hij me halen.'
'Halen? Liefje, rustig ademhalen. Niemand komt je halen. Wij zijn bij je. Je bent veilig. Hoor je dat? Je bent bij ons veilig. Niet in je eigen wereldje, dat is slechts schijn. Een gordijn dat jij hebt opgetrokken. En dat gordijn gaan we nu opentrekken en in de vuilnisbak gooien. Jij hoeft je voor niets en niemand meer te verstoppen.'

Hij begon te snikken. 'Het... het was een man.'
Petra trok hem tegen zich aan. 'Even rustig ademhalen. Het is heel dapper en goed wat je doet.'
Over het hoofd van Niels keek ze Hans even aan. Die zat met tranen in zijn ogen zijn handen te wringen. Petra legde even een hand op zijn arm en merkte dat Niels weer wat rustiger werd. Ze gebaarde Hans dat hij haar een tissue van de salontafel moest aangeven.
'Gaat het weer een beetje?' vroeg ze Niels terwijl ze zijn gezicht droogde en hem zijn neus liet snuiten. 'Luister, ik weet dat het erg moeilijk is hierover te praten. Dat heb je maanden niet gedaan, maar je bent zo flink. Je hebt de eerste stap gezet. Vertel wat je zag en we kunnen jou helpen en beschermen. En dan kunnen we de ouders van de andere jongens helpen. Die zullen je altijd dankbaar zijn.'
Niels knikte.
'Goed. Rustig aan. Je zag een man.'
'Ja... Hij deed zo met zijn vinger, dat ik naar hem toe moest komen. Ik wist niet wat ik moest doen. Ik wilde Mats zien. Die moest daar ook zijn. Ik dacht dat de man misschien wel familie van Mats was die hem had betrapt op roken. Pas toen ik dichterbij kwam zag ik dat hij op Mats zat.' Hij huiverde.
Petra trok hem ter bescherming en ter aanmoediging weer even stevig tegen zich aan.
Niels haalde diep adem. 'Hij stond op en liep op me af. Ik wilde wegrennen, maar het lukte niet. Hij pakte mijn schouder vast en legde zijn andere hand over mijn mond. Hij keek me heel eng aan. Toen liet hij me los en legde zijn vinger op zijn lippen. Ik moest stil zijn. Hij keek nog even om naar Mats en toen glimlachte hij. Daarna wees hij naar mij en sneed met zijn vinger langs zijn keel. Langzaam haalde hij zijn hand van mijn mond weg. Ik dacht dat hij me ging vermoorden, maar hij deed het nog een keer, naar mij wijzen en met zijn vinger langs zijn keel. Toen rende hij weg. Ik... ik...' Niels begon weer te huilen.

'Och jee, lieverd, wat moet je bang zijn geweest. Rustig maar. Je bent veilig. Durfde je daarom niets te zeggen? Ook niet toen we thuis waren?'
Niels knikte.
'Huil maar even uit. Als we dat geweten hadden...' Ze zei het niet alleen tegen Niels, maar ook tegen zichzelf. Hadden ze eerder toch meer moeten aandringen? Hadden ze hem zich nog veiliger moeten laten voelen? 'Ik wilde dat je het eerder gezegd had, dan hadden we je kunnen helpen, dan had je niet al die tijd bang hoeven te zijn.'
'Maar... stel... dat hij me... zou vinden?'
'Shhh. Rustig ademhalen.'
Toen hij weer wat kalmeerde durfde Petra verder te vragen. 'Kun je je nog herinneren hoe hij eruitzag?'
'Als een Italiaan. En hij droeg een voetbalshirtje van Brazilië.'
Hans en Petra keken elkaar aan. Natuurlijk! Ze hadden het wel gedacht, maar omdat hij er eerder niets over wilde zeggen, wisten ze het niet zeker. Het had geen zin het nu over kerst te hebben, alles was duidelijk.
'En toen? Jij bent bij Mats blijven zitten,' zei Petra met een trillende stem. Ze probeerde haar hoofd koel te houden, maar dat kostte haar steeds meer moeite. Ze werd een beetje misselijk bij de gedachte dat die smeerlap met zijn vingers aan haar zoon had gezeten. Dat hij hem bedreigd had. Al was ze tegelijkertijd dankbaar dat Niels nog in leven was. 'Waarom ben je niet meteen weggelopen?'
'Ik... ik wist niet wat ik moest doen. Ik was bang. Even dacht ik dat Mats misschien niet dood was, maar flauwgevallen, of zo. Ik heb zijn arm aangeraakt en tegen hem gepraat, maar hij reageerde niet. Toen hoorde ik geritsel en dacht ik dat de man teruggekomen was om mij te vermoorden dus ik verstopte me achter een bosje.'
Ongemerkt had Petra haar adem ingehouden. Ze haalde diep adem. 'Goed zo. Dat was erg moedig.'

'Ik durfde bijna niet te kijken, ik had mijn ogen dicht en dacht dat hij me zo zou pakken. Maar dat gebeurde niet. Heel voorzichtig heb ik toen gespiekt. Er stond wel een man, maar hij zag er anders uit. Hij boog zich over Mats heen. Meteen daarna hoorde ik papa roepen.'

Petra trok hem tegen zich aan. 'Jij bent ongelofelijk dapper. Ik ben ontzettend trots op je.'

Niels zei niets.

'Je moet één ding goed onthouden, Niels. We zullen er altijd voor je zijn. Als je bang bent, vertel het ons, hoe stom het ook lijkt. Dan kunnen we je helpen. Je hoeft je niet meer in je eigen wereldje te verstoppen.'

Hij oogde niet enorm opgelucht, alsof het nog niet tot hem doorgedrongen was dat dit inderdaad het moment was dat hij zijn verhaal had verteld. Dat hij het nu kwijt was. De angst zou ook niet zomaar verdwijnen, daar zou hij met Irene aan moeten blijven werken, daar zouden ze met z'n allen aan moeten blijven werken, maar dit was de doorbraak waar ze op gehoopt hadden.

'Ik ga even wat te drinken voor iedereen halen.' Petra stond op en Hans legde zijn arm om Niels heen die meteen tegen hem aanleunde. Alsof hij helemaal leeg was. Hans had al die tijd Petra het woord laten voeren, maar hij was ook te verstomd geweest om iets uit te brengen. Het verhaal had hem pijn gedaan. Hij kon zich de angst van Niels goed voorstellen en hij had gelijk gehad dat er meer aan de hand was geweest dan alleen het feit dat Niels Mats dood had aangetroffen.

Toen Petra terugkwam met een dienblad, kwam Niels overeind. Hij haalde diep adem. Petra ging zitten en wreef even over zijn been terwijl ze hem zijn glas aangaf. Niels dronk zijn limonade gulzig op en vroeg of hij naar zijn kamer mocht om op zijn computer te spelen. Ze lieten hem direct gaan, want elke vorm van ontspanning was nu goed voor hem.

Toen hij op zijn kamer was, vonden hun blikken elkaar.
'Denk jij hetzelfde als ik?' vroeg Hans.
Petra schudde moedeloos met haar hoofd. 'Ik weet even niet meer wat ik moet denken. Aan de ene kant ben ik opgelucht dat we nu weten wat er precies is gebeurd, maar ik zit wel te shaken. We moeten hier zeker iets mee doen, maar misschien moeten we eerst een dagje rust nemen en het goed overdenken. En even afwachten hoe hij morgen is.'
Hans knikte. 'Je hebt gelijk. Eerst eens kijken hoe Niels het verwerkt. Maar ik denk ook dat we het Irene en de rechercheur die toen op de zaak zat moeten vertellen.'
'Natuurlijk. Misschien zal het ook in de nieuwe zaak een doorbraak kunnen zijn, maar het zou fijn zijn als Niels het niet nog een keer allemaal door hoeft te maken.'
'Zover hoeft het wat mij betreft niet te komen. We bellen hem op, vertellen het verhaal en dan zoeken ze het maar uit. Ik denk wel dat Niels moet weten dat we dit aan ze gaan vertellen. Het zal hem wellicht juist goeddoen dat we nu helpen om die schoft te pakken.'
'Laten we het hopen. Maar laten we ook niks forceren.'
Hans knikte.

29

Carlo Martuccia pakte het bovenste rapport van de stapel die op zijn bureau lag en begon te lezen. Het was een getuigenverslag dat ter plekke was opgemaakt door een agent en na het lezen van de eerste regels wist hij al dat het niets zou opleveren. Hij pakte de volgende van de stapel en ook dit rapport legde hij even later weer weg. Hij moest het doorlezen, deed dat ook, maar wist dat het zinloos was. Niemand had ook maar een fatsoenlijke glimp van de dader opgevangen. Voordat de rapporten bij hem op het bureau belandden, waren ze al vluchtig door collega's gecheckt waardoor de kans op een gouden tip bij voorbaat nihil was.
Hij ging rechtop zitten, strekte zijn armen en draaide zijn hoofd een paar maal heen en weer om zijn spieren wat te ontspannen. Evenals zijn collega's had hij vannacht zijn bed niet gezien en dit gebrek aan nachtrust begon zich langzamerhand te wreken.
Nadat hij gisterochtend vroeg uit zijn bed gebeld was dat er een melding binnen was gekomen van een dode jongen, vermoedelijk vermoord, had hij Ciara gemeld dat hij die nacht waarschijnlijk niet thuis zou slapen en was naar de plaats delict gereden. Daar had hij de eerste informatie gekregen. In de aangrenzende bosjes van camping La Trota di Lago, de meerforel, was het lichaam van de twaalfjarige Evan Bellington gevonden door toeristen die veel hadden gedronken en hun blaas op een afgelegen plekje wilden legen. Hoewel er nog een uitgebreide sectie verricht moest worden, leek verwurging de doodsoorzaak en waren er op het eerste gezicht geen sporen van seksueel misbruik aangetroffen. Een zaak

die dus akelig veel kenmerken vertoonde met de moord op de Duitse Mats. La Trota di Lago lag op loopafstand van La Regina di Garda en van de dader was geen spoor te bekennen. Hadden ze te maken met een seriekindermoordenaar? Het had er alle schijn van.
Nadat hij de eerste informatie had verwerkt, drong het tot hem door dat ze nog nooit zo dicht voor de poorten van de hel hadden gestaan. Hun grootste nachtmerrie was uitgekomen. Dit degradeerde de zoveelste maffia-afrekening naar een achterafplekje in de landelijke dagbladen en weer een politiek omkopingsschandaal was hierbij vergeleken tweederangsnieuws. Deze moord was het gesprek van de dag in heel Italië en de buitenlandse media hadden zich er inmiddels ook al op gestort. Het liep storm buiten op de plaats delict die door de technische recherche zo snel mogelijk afgesloten was. Media, ramptoeristen en de plaatselijke bevolking verdrongen zich om de hekken en linten om een glimp op te vangen van deze onheilsplek.
Martuccia zuchtte. Wat bezielde dit volk toch? Hoe ziek kon je zijn?
Er gingen koppen rollen. Op hoog niveau, wellicht hoger dan iemand zich nu kon voorstellen.
Dit was Italië. Een land met een gepassioneerd volk. Tenslotte deden we allemaal weleens iets doms in een emotionele bui, nietwaar? Het land waarin er werd gegniffeld als iemand de belasting had getild. Uiteindelijk waren het allemaal dieven daar in Rome, toch? En dieven mocht je bestelen. Het was echter ook het land van de hechte familiebanden en kinderen speelden daarin een belangrijke rol. Als je daar met je tengels aankwam, had je een probleem. Je kon zeggen wat je wilde van dit rare corrupte land, maar niemand deed hier kinderen pijn. Dacht men. En daarom was het zo'n afschuwelijke zaak.
De deur van zijn kantoor werd geopend en Tardelli kwam binnen.

Hij zag er afgepeigerd uit. 'En? Heb jij nog wat waar we iets aan hebben?'
Martuccia schudde moedeloos met zijn hoofd en knikte naar de stapel rapporten op zijn bureau. 'Allemaal rapporten van getuigenverslagen zonder zelfs een half aanknopingspuntje. Ik kan ze net zo goed bij het oud papier leggen.' Hij keek weer naar Tardelli. 'En jij?'
'Over de zaak heb ik niets te melden. Wel heb ik wat nieuws.' Hij wees met zijn vinger omhoog. 'Drie stafleden hebben ontslag genomen.'
'Dat méén je niet. Nu het er echt om gaat spannen draaien ze er met hun reet onderuit. Stelletje lafbekken!' Hij snoof van ongenoegen. 'Wie zijn het?'
Tardelli haalde zijn schouders op. 'Geen idee. Dat doet er nu ook niet toe. Dit is pas het begin, er gaan nog veel meer koppen rollen. Vrijwillig of onvrijwillig.'
Martuccia knikte. 'Zoiets had ik ook al bedacht, ja. Er staat ons nog heel wat te wachten. Ellende die wellicht voorkomen had kunnen worden als die zelfingenomen types naar ons hadden geluisterd. Dan was die zaak van dat Duitse jochie nooit gesloten en waren we met een beetje geluk ergens onderweg tegen een aanwijzing aangelopen. En dan heb ik het nog niet over Ottavio Galli. Dat hij zo publiekelijk als kindermoordenaar is weggezet, terwijl het er nu toch heel sterk op lijkt dat hij onschuldig was.' Hij maakte een breed armgebaar. 'Ziehier het resultaat van mismanagement. Nog een kindermoord, een zaak die al muurvast zit voordat hij goed en wel is begonnen.'
Tardelli grijnsde mismoedig. 'Dat is wat kort door de bocht, maar in grote lijnen heb je gelijk. Al vraag ik me af of we tegen een aanwijzing waren aangelopen.'
'We hadden in elk geval een kans gehad. Ik zeg je dat dat ditmaal niet het geval zal zijn. Ze zullen het nooit toelaten dat we weer

met lege handen aankomen. Dat laat de publieke opinie niet toe,' antwoordde Martuccia.
'Klopt,' beaamde Tardelli. 'Je kunt ervan uitgaan dat de top maatregelen gaat nemen. En met de top bedoel ik niet dat stelletje prutsers dat het de vorige keer ook zo goed wist te vertellen en de zaak als opgelost beschouwde, maar de echte top. Rome, dus. Die sturen snel versterking om ons provinciaaltjes te vertellen hoe je zo'n zaak aanpakt. Bereid je er maar vast op voor dat we spoedig onder speciale teams van de nationale recherche komen te werken.'
Geïrriteerd sloeg Martuccia met zijn vlakke hand op het bureau. 'We kunnen er verdomme helemaal niets aan doen. Het overkomt ons gewoon. Maar ik laat me ook niet opzij drukken. We zullen deze zaak oplossen. Al val ik er zelf bij neer.'
'Doorploegen en hopen op een mazzeltje, jongen,' bromde zijn collega. 'Het lijkt me ook geen gek idee om de paus te vragen een speciale mis voor ons op te dragen. Want dat is precies wat we nodig hebben, een wonder van boven.' Hij draaide zich om en zei: 'Ik ga eens kijken wat ze op mijn bureau hebben gedumpt.'
Martuccia groette hem en pakte het bovenste rapport van de stapel. Net op dat moment begon zijn mobiele telefoon in het borstzakje van zijn overhemd te trillen. Op zijn display verscheen een Nederlands nummer.

30

'Zit het er weer op, Salvatore? En, heb je zin om naar huis te gaan? Of zie je ertegenop om in een leeg huis te komen?'

Salvatore Patronello bleef naast de balie staan en haalde zijn schouders op. Hij verfoeide het bijna dagelijkse ritueel, maar dacht er niet aan het te doorbreken. Daarmee liep hij het risico om de aandacht op zichzelf te vestigen, een doodzonde voor iemand zoals hij. Het kansloze gesprekje dat hij vaak na werktijd met receptioniste Perla Belmonte voerde beschouwde hij als onderdeel van zijn werk.

'Ik ben er zo langzamerhand wel aan gewend om in een leeg huis thuis te komen,' sprak hij met een flauwe glimlach en op een prettige conversatietoon. 'En het heeft ook zo zijn voordelen. Niemand die zegt wat ik wel of niet moet doen.'

In de hal van het stadhuis klonken voetstappen. Het was de opgewonden tred van een ambtenaar die het gebouw snel wilde verlaten. Zijn werkdag tussen vier muren zat erop, de vrijheid lonkte.

'Tot morgen, Perla,' sprak de man in het voorbijgaan. Terwijl hij doorliep, draaide hij zich om. 'Vlak voordat ik wilde afsluiten kreeg die computer weer kuren, Salvatore. Kun je morgen langskomen?'

Patronello knikte. 'Geen probleem, Giacomo.'

De medewerker van de afdeling Huisvesting stak zijn duim op en liep naar buiten.

'Jij hebt het er maar druk mee,' zei Perla. 'Er is altijd wel wat met die computers.'

Salvatore glimlachte verlegen. 'Ach, het is mijn werk. Meestal zijn het kleine storingen die ik vrij snel kan oplossen.'
Op het stadhuis van Verona speelde hij al zo lang de vriendelijke, verlegen jongen van de ICT-afdeling die nooit te beroerd was om met iemand een praatje te maken, dat het een tweede natuur was geworden. Hij was vroeger ook heel verlegen geweest en wist maar al te goed hoe hij zich onzichtbaar kon maken. De nerd en schuchtere vrijgezel die in zijn vrije tijd op zijn kamer in Peschiera een eenmansbedrijfje runde dat websites ontwierp. Als er wat schortte aan een computer of systeem in het stadhuis, was een belletje voldoende om hem op te laten draven. En als hij verscheen was er nooit een spoortje van irritatie of vermoeidheid op zijn gezicht te lezen. Hij kwam zo snel mogelijk, deed zijn werk en vertrok met dezelfde vriendelijke, ingetogen houding als hij even daarvoor was gearriveerd. En de mensen waardeerden dit. Hij verschilde zo van die chagrijnige of opgewonden standjes met wie ze dagelijks werden omringd. Wat voor hem echter het belangrijkst was, was dat ze hem blindelings vertrouwden.
Naast zijn normale werkzaamheden kwam het regelmatig voor dat een medewerker van een afdeling hem even apart nam en een laptop in zijn handen drukte. Een privécomputer waarin een storing was opgetreden en of hij zo vriendelijk wilde zijn hiernaar te kijken als hij tijd had. Dan glimlachte hij vriendelijk, nam de computer mee naar huis en kreeg hem weer aan de praat. Bood men hem een vergoeding aan, dan wimpelde hij die steevast af. Ze moesten het maar als een vriendendienst zien. Hij deed het met plezier.
Wat hij onbesproken liet was dat hij niet alleen het computerprobleem had opgelost, maar ook informatie had verzameld. Door de jaren heen had hij zowel via het netwerk in het stadhuis als de privécomputers die hem ter reparatie werden aangeboden een schat aan informatie opgeslagen. Mocht hij ooit met zijn rug tegen de muur komen te staan, dan had hij een back-up waarmee hij onder

het personeel van het stadhuis een slachting kon veroorzaken.
Hij liet deze laatste gedachte varen. Zo ver zou het namelijk nooit komen. Daarvoor was hij te slim en stond hij te stevig in zijn schoenen. Hij berispte zichzelf voor dit soort gedachten. Dat kon een teken van zwakte zijn en dat was wel het laatste wat hij wilde en wat hij was. Hij stond boven de partijen.
'Mijn nicht Rafaella komt volgende week een paar dagen over uit Turijn,' zei Perla uitnodigend. 'Waarom gaan jullie niet een avondje uit? Volgens mij zouden jullie een leuk stelletje vormen.'
Hij grijnsde ongemakkelijk. 'Tja, dat weet ik nu nog niet. Dat werk, hè? Ik heb het 's avonds met mijn eigen bedrijfje behoorlijk druk.'
'Het leven draait niet alleen om werken, Salvatore,' sprak Perla moederlijk. 'Je moet ook eens aan jezelf denken.'
Hij knikte verlegen, alsof hij over haar voorstel nadacht. In werkelijkheid interesseerde het hem niets. Hij viel niet op vrouwen, al zou hij dat nooit uitspreken of laten merken, en het gesprek had lang genoeg geduurd. Het was tijd dat de bescheiden man uit Peschiera vertrok.
'Ik zal erover nadenken,' loog hij en hij nam afscheid van Perla die hem een brede glimlach schonk. Eenmaal buiten moest hij zich beheersen om niet te rennen. De drang om naar zijn eigen wereld te gaan was groot.

31

Hij zette zijn computer uit. Het beeldscherm ging op zwart en het lastigste moment van de dag was nu voor hem aangebroken. Zijn werkzaamheden voor vanavond als webdesigner zaten erop. Als geen ander kende hij de mogelijkheden die de computer en internet hem boden. Met slechts een paar muisklikken kon hij zich in een wereld storten waar hij dingen zou zien die zijn bestaan meteen zouden opfleuren. Ook zou hij bepaalde mensen kunnen laten weten dat hij, Salvatore Patronello, op eenzame hoogte stond. Dat hij de grootste was, de man die deed waarover anderen enkel konden fantaseren. Dan zou hij door de mannen in die scene ongetwijfeld tot keizer worden gekroond. De keizer die zijn dromen uit liet komen en ermee wegkwam. Een uitverkorene die boven de wet stond. Ja, die status zou hij bereiken bij het klootjesvolk dat enkel en alleen een grote bek had. Keizer Salvatore de Eerste. Hij gniffelde. Dat zou wat zijn.

Maar hij deed het niet. Hij zou zich maar verraden. Gelukkig konden zijn ego en fantasie niet op tegen zijn realiteitszin. Hij was een vakman die de weg op het net uitstekend wist te vinden. Al jarenlang ontwikkelde hij zich op dit gebied en hij mocht van zichzelf zeggen dat hij een van de besten was. Toch bleef hij zichzelf op het hart drukken dat zijn tegenstanders de technische ontwikkelingen net zo hard bijhielden. Zij waren een buitencategorie, weggekocht door overheden over de hele wereld. Mensen zoals hij behoorden tot de grootste vijanden van de maatschappij. Had je een seksuele afwijking zoals hij, dan stond je al snel boven aan

een zwarte lijst. Daar was hij zich terdege van bewust.
Dat hij nog niet op die lijst stond, had hij aan zijn kennis en behoedzaamheid te danken. Hij moest het hebben van zijn fantasie en kon deze met niemand delen. Jarenlang had hij zich kunnen beheersen en zichzelf kunnen bevredigen. Uiteindelijk was er iets bij hem geknapt. Het vooruitzicht dat hij tot aan zijn dood nooit het ultieme orgasme ging beleven, werd hem te veel. Zelfs van iemand met een niet-geaccepteerde seksualiteit kon je dit niet verlangen. Wat hij deed was onacceptabel voor de samenleving, strafbaar zelfs, maar hij kon niet anders. Deed hij het niet, dan kwam er een moment dat hij het niet meer zou zien zitten, met alle trieste gevolgen van dien. Om in leven te blijven moest hij dus voor zichzelf kiezen.
Hij sloot zijn ogen en haalde zich het moment suprême weer voor de geest. Waarom wist hij nog niet precies, maar het was heftiger geweest dan de eerste keer dat hij zijn absolute hoogtepunt had bereikt. Voordat hij zijn eerste jongetje aan zijn wil had onderworpen, had hij al een heel leven van smachten naar dit sublieme moment achter de rug. Alles was nieuw, van de voorbereiding tot de laatste druk van zijn vingers om de blanke keel, de totale overgave en het moment waarop zijn ogen braken en hij zijn laatste adem uitblies. Hij had ervan genoten. Het gevoel van absolute macht was een beleving die zijn weerga niet kende. Tenminste, zo had hij er toen over gedacht. Maar dat orgasme was bij lange na niet zo heftig geweest als bij zijn laatste partner. Bij die belevenis was hij letterlijk even van de wereld geweest. Het was nauwelijks voor te stellen dat hij ooit nog zoiets zou meemaken.
De behoefte om het nogmaals mee te maken werd wel steeds groter. Jarenlang had hij als een monnik geleefd. Maar ooit zou hij zijn fantasieën in praktijk brengen. Enkel die gedachte had hem op de been gehouden.
Misschien was deze tweede keer wel zo goed geweest omdat er

zich geen verrassingen hadden voorgedaan en hij echt helemaal alleen met de jongen was geweest. Bij zijn eerste partner, het Duitse jongetje, was alles in eerste instantie verlopen zoals hij van tevoren had uitgedacht. Geduldig had hij in de bosjes gewacht en toen zich uiteindelijk een geschikte partner aandiende, had hij direct toegeslagen. Toen verscheen dat andere jongetje. Eerst was hij geschrokken dat er iemand stond te kijken, maar toen hij had gezien dat het nog een jongetje was, kon hij zijn geluk niet op. Toch had hij een beetje de zenuwen gekregen en durfde hij die eerste keer niet langer te blijven dan noodzakelijk. Hij had de andere jongen bedreigd en zich machtig gevoeld toen hij in de bange ogen keek. Zelfs als de jongen was gaan praten, dan hadden ze hem niet kunnen vinden. Hij had geen sporen achtergelaten. Zijn handschoenen waren direct na afloop in een verborgen rugzak verdwenen die hij weer met zich mee had genomen. Alle kleding die hij had gedragen en spullen die hij had gebruikt waren de volgende dag vernietigd zodat er geen bewijs tegen hem was achtergebleven. Omdat de technische recherche de plek zou uitkammen, mocht hij nergens een spoortje achterlaten. Al helemaal geen lichaamsvocht, want daarmee zouden ze zijn DNA in handen hebben.
Op alle fronten was zijn missie geslaagd. Hij had geen technische fouten gemaakt en zelfs de enige getuige had hem niet verraden. Of wacht, dat wist hij niet zeker. Maar het deed er niet toe, hij voelde zich alleen maar beter dat hij er zélfs met een getuige nog mee weg was gekomen.
Hij glimlachte om die gedachte. Zijn ontmaagding had een aantal remmen losgegooid. Na deze hemelse ervaring kon hij niet meer begrijpen hoe hij zijn monnikenleven zo lang had weten vol te houden. Slechts drie maanden later was hij al aan de voorbereiding voor zijn tweede contact begonnen. Terwijl hij zijn plan tot in de perfectie uitwerkte, wist hij dat de eerste reële mogelijkheid zich tijdens de paasdagen zou voordoen. De opening van het nieuwe

zomerseizoen. Toen die kans inderdaad kwam, had hij direct toegeslagen. De drang naar lust was vele malen sterker dan zijn zelfbeheersing geweest. Gelukkig had hij alles weer prima voorbereid. Hij schoof zijn bureaustoel naar achteren en stond op. Het was tijd om aan de volgende voorbereidingen te beginnen. De voorjaarsvakantie stond voor de deur. Hij wist het zeker. De verslaving gilde om meer. De tijd van lang wachten was voorbij. Binnenkort zou hij weer toeslaan.

32

Hans hief zijn glas en zei: 'Proost. Op Niels, onze dappere vent.'
Petra tikte met haar glas het zijne aan. 'Daar proost ik ook op!'
Niels hield zijn schaaltje met ijsbolletjes omhoog om mee te toosten.
'Wat een dag,' vervolgde Hans. 'Toch best onwerkelijk om hier weer te zijn, maar het is goed om het aangename met het onaangename te verenigen.'
Hij nam een slok van zijn wijn en keek om zich heen. Arturo, de agent in burger die hen hierheen begeleid had, zat nu ook ergens te eten. Bescherming was een voorwaarde geweest om hier te komen, maar rechercheur Martuccia had meteen ingestemd, er zelfs op gestaan dat zij er alles aan zouden doen om het zo veilig mogelijk te maken.
Toen ze contact op hadden genomen met de Italiaanse politie had Martuccia hen dringend verzocht om zo spoedig mogelijk naar Italië af te reizen. Daar hadden ze goed over na moeten denken. Wilden ze dat wel? Terug naar de plek waar Niels een trauma had opgelopen? Bovendien was er de mogelijkheid dat die moordenaar daar nog steeds in de buurt vrij rondliep. Konden ze dat risico wel nemen? Hoe lag de verhouding tussen hun verantwoordelijkheidsgevoel voor hun kind en dat voor de maatschappij? Hoe groot was het risico dat hun iets overkwam, of dat Niels blijvend beschadigd werd als ze terug naar de plek des onheils gingen, en wat was hun rol in het moordonderzoek? Konden ze voorkomen dat er nog meer slachtoffers vielen? Konden ze verder met hun leven als ze die verantwoordelijkheid niet namen?

De volgende dag bleven ze alle drie thuis. De school werd op de hoogte gesteld dat Niels zich niet lekker voelde en collega's maakten het mogelijk dat zij niet op hun werk hoefden te verschijnen. Niels had zich in eerste instantie een defensieve houding aangemeten. Hij had zijn verhaal verteld, zou hier later met Irene over praten en daarbij bleef het wat hem betrof. Hij moest er niet aan denken om terug te gaan naar het Gardameer. Stel dat de moordenaar daar nog steeds rondliep! Hij kon toch ook vanuit thuis helpen en vragen beantwoorden? Daar hadden ze toch telefoon en internet voor? Ze hadden zijn reactie volkomen begrepen en besloten eerst nog met de Nederlandse politie en met Irene te praten. Op aandringen van de Italiaanse politie raadden allen hen aan toch te gaan, mits ze goed beschermd en begeleid werden. Irene was zelfs van mening dat de confrontatie Niels weleens goed kon doen. Juist omdat hij de neiging had alles weg te stoppen. Ze gaf niet gauw zo'n advies, maar in dit geval zou begeleide confrontatie hem van zijn angsten af kunnen helpen. Dat was al gebleken bij het nieuws van de tweede moord, al was teruggaan naar de plek waar het gebeurd was uiteraard wel een ander verhaal. Toen aan hun voorwaarden tegemoetgekomen was door de Italiaanse politie, hadden ze Niels zo goed en zo kwaad als het ging uitgelegd dat dit het beste voor iedereen was. Dat hij de ouders van beide jongens ermee zou helpen en in plaats van altijd bang, voortaan moedig zou zijn. Dat ze de moordenaar weleens konden oppakken en dat hij de enige was die hem zou kunnen herkennen. Ze beloofden dat ze hem geen moment uit het oog zouden verliezen en dat ze zo snel mogelijk weer naar huis zouden gaan.
Martuccia had duidelijk laten blijken dat het voor hem van groot belang was dat ze zo snel mogelijk kwamen.
Vanmorgen waren ze op een vlucht naar Milaan gestapt, waar op het vliegveld een geblindeerde zwarte auto hen opwachtte. De chauffeur bracht hen rechtstreeks naar Verona. Het was geruststel-

lend dat niemand hen kon zien. Hoewel Niels nog best zenuwachtig was, leek hij het ook wel een avontuur te vinden.
Gelukkig werden ze door bekende gezichten vriendelijk ontvangen: de rechercheurs Carlo Martuccia en Filippo Tardelli en de Nederlandse tolk Karin Goudsbloem.
Ze gaven Niels het gevoel dat hij belangrijk was en dat ze heel dankbaar waren dat hij hen wilde helpen. Dat zouden ze nooit vergeten. Niels had het goed opgepakt. Hij leek steeds moediger te worden en was tijdens zijn verhaal niet meer in zijn schulp gekropen.
Na het gesprek werd er eten gebracht. Ze zorgden ervoor dat de familie Kolwijn niets tekortkwam. De sfeer bleef goed toen een politietekenaar zich bij het groepje voegde. Het was een spannend moment. Een beetje eng, want Niels wist niet of hij een goede omschrijving zou kunnen geven, en hij was ook een beetje bang het angstwekkende gezicht op papier voor hem te zien. Maar ze namen de tijd en spoorden hem aan om de tekenaar zo veel mogelijk details te geven. Aan het eind van de middag hadden ze een gezicht op papier dat volgens Niels behoorlijk leek op het gezicht van de moordenaar van Mats.
Voordat ze vertrokken hadden de rechercheurs Petra en Hans even apart genomen. Ze verontschuldigden zich voor het ongemak van de reis en het verblijf, en drukten hen op het hart dat, als ze vragen of wensen hadden, ze geen seconde moesten aarzelen hun dat te laten weten. Ze waren gasten van Italië en men zou alles in het werk stellen om aan hun wensen te voldoen.
Tevens legden ze nogmaals uit waarom ze erop hadden gestaan dat ze zo snel mogelijk naar Italië zouden afreizen. Het was van ongekend belang dat elke aanwijzing nu zorgvuldig door hen onderzocht zou worden. Toegegeven, hun contacten met andere, Europese politiediensten waren goed te noemen. In dit speciale geval konden ze echter het risico niet nemen dat er ergens een fout werd gemaakt. Het was dus belangrijk om het gesprek met Niels,

de enige getuige, zelf te voeren en hun eigen man de compositietekening te laten maken. Soms ging het om zulke kleine details en daar wilden ze met hun neus bovenop staan. Er werden handen geschud en ze vertrokken.
Er was afgesproken dat ze nog een paar dagen in de buurt zouden blijven en dat er dagelijks contact werd gehouden. De politie had eindelijk iets in handen waarmee ze hopelijk wat konden, en dan zou het in verband met een mogelijke identificatie heel prettig zijn als Niels in de buurt was. Ze stemden hiermee in.
Een kwartier nadat ze het bureau hadden verlaten, werden ze afgezet voor hotel La Ninfa. Het hotel lag aan de tweebaansweg die tussen Verona en Peschiera liep. Het was een middle-classhotel met vijf verdiepingen en de Italiaanse justitie had voor hen een kamer geboekt. Hun tijdelijke onderkomen werd kamernummer 38 op de derde verdieping. Het was een ruime kamer met een koelkast, televisie en een tweepersoonsbed met daarnaast het eenpersoonsbed voor Niels.
In overleg met de agent die hen begeleidde, namen ze 's avonds het besluit in Peschiera wat te gaan eten. Het hotel was veiliger, maar benauwde hen ook ongelooflijk. En een beetje afleiding zou ontspannend kunnen werken.
Hans had zich opgelucht gevoeld toen ze het hotel verlieten. Tijdens die stille momenten gedurende de vlucht en op de hotelkamer, werd hij steeds weer geconfronteerd met het feit dat hij een onschuldige man de dood had ingejaagd. Niet opzettelijk, en hij wist op dat moment ook niet dat de zwerver onschuldig was, maar het feit bleef dat hij de man wel degelijk had opgejaagd. Alleen afleiding kon ervoor zorgen dat de beschuldigende stemmen in zijn hoofd hun mond hielden. Ze hadden Hans vandaag na hun gesprek met Niels ook even apart genomen en hem uitgelegd wat de consequenties konden zijn als dit uitkwam. Hij zou aangeklaagd kunnen worden, maar zij zouden er alles aan doen om dat te voor-

komen. Sterker nog, door hun medewerking aan het huidige onderzoek zou het waarschijnlijk niet eens zover komen. Hans was niet heel erg gerustgesteld en dacht terug aan zijn nachtmerries. De angst die hij in zijn nachtmerries had gevoeld was niet eens irreëel geweest. Maar hij moest op de politie vertrouwen. Het zou goed komen.

'Ik vind het best wel druk voor de tijd van het jaar,' zei Petra. 'Zoveel mensen verwacht je hier toch alleen in het hoogseizoen?'

Hans liet zijn blik langs de rijen mensen glijden die aan hun tafeltje voorbijtrokken. Inmiddels was de terrasverwarming aangedaan. Het koelde 's avonds nog wel af. Door de uitstekende straatverlichting en de etalageverlichting van de winkeltjes die bijna allemaal open waren, was het zicht vrijwel net zo goed als op klaarlichte dag.

'Nu je het zegt. De straten lopen bijna vol. Ik kan maar niet genoeg benadrukken hoe onwerkelijk het is om hier te zitten.' Hij legde zijn hand op de schouder van Niels. 'Wat heeft op jou vandaag de meeste indruk gemaakt? De geblindeerde auto?'

Niels schudde ontkennend zijn hoofd. 'Die auto was wel gaaf. Net alsof je een heel belangrijk iemand bent. Maar daar zou ik niet elke dag in willen rijden. Ik vond die meneer die de tekening maakte erg goed,' ging Niels verder. 'Het was heel bijzonder dat hij precies kon tekenen wat ik in mijn hoofd had, of dat hij het zo kon veranderen, met details, dat het nog beter werd. Het leek wel of hij die man ook had gezien.'

Hans knikte. 'Ik heb ook met verbazing zitten kijken. Hoe die man met een enkele streep iets kon veranderen of juist accentueren. Ongelofelijk knap.'

Petra pakte een servetje van tafel, boog naar voren en veegde ijs van het T-shirt van Niels. Hij bleef stilzitten en keek naar beneden.

'Kun je niet zien,' verduidelijkte Petra. 'Het zat precies op de rand van het shirt, net onder je hals.'

'Is het erg?'

Petra schudde haar hoofd. 'Je ziet het nauwelijks. Morgen trek je een andere aan, ik heb er genoeg bij me.'
Een beetje gegeneerd dat zijn moeder hem als een kleuter schoonpoetste keek Niels om zich heen. Opeens werd hij bleek en bleef met grote ogen voor zich uit staren.
'Zo, klaar. Iemand nog een beetje water? Niels?' vroeg Petra. Pas toen zag ze zijn gezicht. 'Niels, wat is er jo...'
'Dat is hem!' zei hij met overslaande stem. Hij wees in de menigte. 'Daar gaat hij!'

33

Hans stond op. Het was een ongecontroleerde reactie waarbij hij met zijn bovenbenen vol tegen de rand van het tafeltje sloeg. De glazen vlogen door de lucht en kwamen tussen de andere gasten terecht. In een poging te redden wat er te redden viel, maakte hij weer een onhandige beweging waardoor hij bijna zijn evenwicht verloor.

Het verontwaardigde gestommel rondom hen en het geklungel van zijn vader gingen volledig langs Niels heen. Hij greep zijn moeder bij haar arm. 'Daar gaat hij!'

Hans zag dat een man zich tussen de menigte door probeerde te wurmen. Langzaam maar zeker maakte hij snelheid en werd de afstand tussen hen groter.

Hans bedacht zich geen moment en drong zich tussen de mensen die met voorzichtige passen het gebroken glas en de plassen rode wijn probeerden te vermijden.

'Blijf hier,' riep hij over zijn schouder. Petra moest Niels tot rust zien te brengen. Maar hij zou die schoft eens en voor altijd pakken. Hij maakte snelheid en slalomde tussen de mensen door. Een lastige onderneming die hem veel verwijtende opmerkingen opleverde. Het interesseerde hem niet, hij registreerde het nauwelijks. Een gezin met kleine kinderen versperde hem de weg. Hij aarzelde geen moment, draaide zich om en vormde met zijn handen een toeter voor zijn mond. 'Bel Carlo en Arturo,' schreeuwde hij in de richting van Petra. Ze had hem gehoord, want ze stak direct haar hand omhoog.

Hij liep om de familie heen en maakte weer snelheid. Het smalle straatje waarin zoveel mensen op hun gemakje liepen te slenteren zorgde voor een flinke vertraging, maar niet alleen voor hem. Tot zijn genoegen zag hij dat het witte shirt bijna stilstond in de menigte. *Blijf daar*, dacht hij. *Geef me nog even en ik heb je, hufter. En als ik je eenmaal vastheb, laat ik je niet meer los.*

Hij balde zijn vuist toen de man zich toch een weg door de drukte wist te banen. De afstand tussen hen groeide weer.

Nu bereikte hijzelf het punt waar het enorm druk was. Terwijl hij probeerde zijn tempo vast te houden, zochten zijn ogen naar een opening. Toen twee dikke mannen plotseling een stapje opzij deden, zag hij zijn kans schoon. Hoewel aan de linkerkant van de smalle straat de mensen opeengepakt rond tafeltjes en uitstallingen stonden, was de rechterkant redelijk open. Hij zag kinderen met moeders die naast de etalage van een speelgoedwinkel stonden en ergens gebiologeerd naar keken.

Hij schoot rechts langs de vrouwen en kinderen. Hij minderde nauwelijks vaart en voelde hoe hij vlak langs de voorgevel van de winkel scheerde. Opeens stond er een tafel voor hem waarop bewegende soldaatjes lagen. Hij knalde ertegenaan en botste in zijn val tegen een man die met zijn zoontje stond te kijken naar de demonstratie van het speelgoed. De man raakte uit balans, viel naar achteren en kwam tussen andere toeschouwers terecht.

Hans schudde verdwaasd met zijn hoofd. De klap was redelijk hard aangekomen. Zijn rechterschouder deed pijn en zonder hiernaar te kijken voelde hij dat zijn lichaam onder de schaafwonden zat. Het maakte niet uit. Hij moest door. Dit was een klein oponthoud waardoor hij zich niet de weg liet versperren.

Toen hij weer overeind kwam, legde een man zijn hand op zijn schouder. Behalve deze opdringerige vent zag hij dat er meerdere mannen naar hem toe schuifelden. Blijkbaar waren ze niet gecharmeerd van zijn optreden en kwamen ze verhaal halen.

'Laat me los!' zei hij fel. Hij schudde de hand van zich af, zette aan en liet met een felle sprint de verontwaardigde menigte achter zich. Tot zijn opluchting was de afstand tussen hen niet drastisch toegenomen. Hij kon de man nog steeds zien, wat het allerbelangrijkst was. Hij moest nog een keer een uitstalling op straat ontwijken en keek nu goed waar hij zijn voeten neerzette. Opeens was de man verdwenen. Hans bleef rennen. Toen hij bij een kruispunt kwam, minderde hij vaart en keek snel naar rechts en naar links. Daar! De man was links afgeslagen; nou snapte Hans waarom de man uit het zicht verdwenen was. Deze straat was even smal als de vorige. Door zijn snelheid waren botsingen niet te vermijden. Met volwassenen toonde hij geen medelijden. Voor kinderen maakte hij een uitzondering. Hij probeerde ze zo goed mogelijk te ontwijken.

'*Stop that man*!' schreeuwde hij over de menigte heen.

'*Please, stop that man. He is a criminal*!'

In de straat zat een bocht naar rechts. Even verloor hij de man weer uit het oog. Als een ongeleid projectiel bleef hij echter rennen, deelde hier en daar een duw uit en bereikte de bocht.

'Nee!' Zijn kreet deed de mensen die vlak voor hem liepen opschrikken. Tot zijn teleurstelling ging de straat over in een zigzagpatroon, zodat hij nauwelijks meer overzicht had en op goed geluk verder moest. Weer zette hij aan en bleef kijken of hij ergens een glimp van de moordenaar kon opvangen.

Het straatje leek eindeloos. Enkele minuten later bereikte hij toch het eindpunt. Het was een T-splitsing, zodat er twee mogelijkheden overbleven. Hij keek naar links en rechts, maar zag niets.

De man was ontsnapt. Hij had gefaald.

Hij ging met zijn rug tegen een stenen muur staan en liet zich door zijn knieën zakken. Nu voelde hij pas hoe vermoeid hij was. De delen van zijn lichaam die klappen hadden opgelopen begonnen opeens te protesteren. Hij haalde een hand langs zijn rechterarm, bracht zijn vingers naar zijn mond en proefde bloed. Dat was dus iets meer dan een schaafwond, dacht hij. Al kon het hem verder vrij weinig schelen. Er schoot van alles door hem heen. De schaamte dat hij had gefaald, de twijfel of hij er wel zelf achteraan had moeten gaan. Hij had het aan Arturo over moeten laten. Zou Petra rechercheur Martuccia te pakken hebben gekregen? Was de politie al in actie gekomen? Hij zou haar bellen. Hij moest toch ook laten weten hoe het er bij hem voor stond.

Zijn vingers gleden naar zijn borstzak op zoek naar zijn telefoontje maar voelden niets. Geschrokken trok hij aan de stof waardoor het borstzakje bijna van zijn overhemd scheurde. Het zakje was leeg. Hij had zijn telefoon onderweg waarschijnlijk tijdens zijn val verloren. Hij legde zijn handen op zijn hoofd en zijn kin zonk op zijn borst. 'O, nee. Ook dat nog. Wat een ellende. Wat ben ik een loser.'

Terwijl hij verzonken in zijn eigen misère zichzelf probeerde op te peppen om op te staan en terug te lopen, voelde hij een hand op zijn schouder. Arturo en een politieagent in uniform stonden voor hem.

'Waar bleven jullie nou?' zei hij in het Engels en hij stond teleurgesteld op.

34

Hans trok een pijnlijke grimas toen de dokter de wond aan zijn bovenarm hechtte. 'Ik dacht dat het niets voorstelde, maar het steekt behoorlijk.'
Petra gaf hem een knipoog. 'Even op je tanden bijten, schat. Dat hoort erbij als je de held wilt uithangen.'
Hans gromde. 'Mooie held ben ik.'
'Je hebt het tenminste geprobeerd, pap,' zei Niels verzoenend en opvallend volwassen. 'Jammer dat het niet is gelukt.'
Hans mompelde wat en keek om zich heen. Na het fiasco in de binnenstad van Peschiera waren ze op verzoek van rechercheur Martuccia direct naar het politiebureau in Verona gereden. Toen ze zich daar meldden, werden ze door een vrouwelijke agent opgevangen en in dit kantoor gezet met de mededeling dat Martuccia, Tardelli en een dokter zo spoedig mogelijk zouden komen. De dokter kwam als eerste en begon hem meteen te onderzoeken en te hechten.
De deur werd geopend. Met in zijn kielzog Tardelli kwam Martuccia binnen. Karin was er niet, wat ze eigenlijk wel hadden verwacht. Haar aanwezigheid was vooral voor Niels prettig. Zelf konden ze het in het Engels wel met de rechercheurs af.
Martuccia en Tardelli knikten hun toe en trokken een stoel bij. Ze keken niet erg blij. Martuccia vroeg in het Italiaans iets aan de dokter die rap antwoordde.
'Ik hoor van de dokter dat u wat sneetjes hebt en blauwe plekken, maar verder niets ernstigs. Tenminste, niet met het blote oog waarneembaar. Misschien dat u later een scan moet laten maken.'

Hans knikte. 'Dat zien we later wel. Nu wil ik het liefst een warm bad en een zacht bed.'
Tardelli maakte een geruststellend gebaar met beide handen. 'Daar krijgt u straks de tijd voor. Eerst hebben wij nog een paar vragen.'
Martuccio nam het van hem over. 'Waarom hebt u in hemelsnaam dit risico genomen? Ik dacht dat we helder hadden gesteld dat, als u ons nodig had, u dat meteen duidelijk zou maken. Wij doen er alles aan om u te beschermen, maar u gaat als een idioot zelf op onderzoek uit en hebt daarmee meerdere mensen in gevaar gebracht.'
'Ik weet het, ik weet het. Maar wat zou u gedaan hebben, als het uw kind was geweest?!'
Martuccia knikte. 'Het is goed, maar ik wil dat u zich vanaf nu afzijdig en op de achtergrond houdt. U kunt het beste in het hotel blijven. We kunnen geen enkel risico lopen, zeker niet nu de verdachte u allen gezien heeft.'
'Het spijt me.'
'Goed. Wilt u aan Niels vragen of hij zeker weet dat het vanavond om dezelfde man ging als de man die hij in de bosjes bij het Gardameer heeft gezien?'
Petra vertaalde snel, waarop Niels aangaf best wat woorden Engels te begrijpen. Hij knikte beslist. 'Het was dezelfde.'
'Oké. Wat er op dit moment gebeurt, is uniek in de geschiedenis van Peschiera. Naar aanleiding van de gebeurtenissen hebben we contact gezocht met de officier van justitie. Ons plan werd direct door hem goedgekeurd. Meestal zitten er uren, soms dagen tussen aanvraag en toestemming. Dit geeft wel aan hoe belangrijk deze zaak is en dat we mogelijkheden zien om tot het oplossen ervan te komen.'
Hans keek hem vragend aan. 'Wat gaat er dan gebeuren?'
'Vanaf dit moment wordt er een grootschalige politionele actie op touw gezet. Ik wil het geen razzia noemen, maar het komt in de buurt. We grendelen Peschiera min of meer af. Op de autowegen komen blokkades en iedereen die eruit wil wordt gecontroleerd.

Komt iemand overeen met het signalement van de verdachte, dan wordt deze persoon aangehouden en overgebracht naar het bureau waar hij in voorlopige bewaring wordt gesteld. In de hele stad zelf wordt door verschillende teams een buurtonderzoek gehouden. Zowel op straat als van deur tot deur. We beginnen in de omgeving waar u de man bent kwijtgeraakt en verbreiden deze cirkel tot aan de rand van de stad. Niet één deur wordt overgeslagen.'
Petra vertaalde snel. Niels knikte.
'Stel dat iemand niet thuis is?' wilde hij weten.
Martuccia stak zijn duim op. 'Heel scherp van jou. Als er niet wordt opengedaan, wordt dit genoteerd en komt er de volgende dag weer een politiefunctionaris langs.'
Tardelli nam het van zijn collega over en richtte zich speciaal tot Niels. 'Jij hebt het geweldig gedaan, jongen.'
'Maar... hij heeft mij ook gezien. Hij weet dat ik hier ben. Misschien komt hij wel naar ons hotel!'
Tardelli knikte langzaam. 'Om bij jouw hotel te komen moet hij langs een heleboel politiemensen. Stel dat het hem wel lukt, dat hij heel erg slim is, dan maakt hij de grootste fout van zijn leven, want jullie hotel, en in het bijzonder jullie kamer, wordt bewaakt door politiemannen in burger. Mocht hij naar jullie hotel komen, dan slaan we hem direct in de boeien en stoppen hem in de cel.'
'Echt waar?'
'Erewoord,' zei Martuccia.
'Mooi,' antwoordde Niels.
De dokter pakte zijn tas, groette iedereen met een hoofdknik en verliet het kantoor.
Hans rekte zich uit. 'Kom op, we gaan. Het vooruitzicht op een zacht bed is hemels.'
Ze namen afscheid van de rechercheurs. Morgen zouden ze elkaar weer zien. Bij het hotel aangekomen zagen ze Niels zich ontspannen toen de agenten in burger zich aan hen voorstelden.

35

Salvatore zat achter zijn bureau en keek strak voor zich uit. De angst na zijn vlucht was langzaam weggeëbd. Hij ademde weer rustig en zijn hart had ook weer een normaal ritme. Nadat hij zijn appartement was binnengestormd had hij enorm in de rats gezeten. Languit liggend op de vloer had hij gewacht tot hij zijn achtervolger zou horen. Nu hij weer bij zinnen was gekomen, realiseerde hij zich dat die reactie belachelijk was geweest. Hij was de controle over de situatie bijna kwijtgeraakt en hoopte dit nooit meer mee te maken. Intussen kon hij weer normaal denken. Het gevaar kon dus toch uit onverwachte hoek komen. Om dit soort vervelende ontmoetingen in de toekomst te voorkomen, moest hij iets bedenken. Wat precies wist hij nog niet, maar hij had eerder bewezen ongrijpbaar te zijn. Daar moest hij op vertrouwen. Hij was slimmer dan de rest, daar moest hij nu gebruik van maken.

De jongen aan het tafeltje die hem had herkend was het ventje geweest dat een jaar eerder de bosjes in was gelopen toen hij net klaar was. Hij had hem gewenkt en het jochie was naar hem toe gekomen. Hij had hem de mond gesnoerd en aangekeken. Hij kon zich nu wel voor zijn kop slaan.

Omdat de plotselinge verschijning van de jongen hem toen een beetje van zijn stuk had gebracht en hij zo snel mogelijk naar huis wilde en alleen nog maar wilde ontspannen, had hij besloten de jongen te laten leven. Hij was geen moordenaar die zomaar iets deed. Zo'n heftige en in het geheel niet voorbereide actie druiste te veel tegen zijn werkwijze in. Hij had de jongen kunnen vermoor-

den, maar de risico's hadden hem toen te groot geleken. Bovendien was hij ervan uitgegaan dat zijn bedreiging afdoende was en dat het in de bosjes te donker was om hem ooit nog goed te herkennen. De volgende dag had hij in de media het verhaal gevolgd. Toen had hij zich al gerealiseerd dat een zekere Ottavio Galli een geschenk uit de hemel voor hem was. Voor justitie en het publiek was hij 'het monster van Garda' en volgens de heersende opinie rouwde geen weldenkend mens om hem. Opgeruimd stond netjes. Zaak opgelost en gesloten. Het bericht had hem bevestigd in zijn genialiteit. Wat er intussen met het jongetje dat hij in leven had gelaten was gebeurd, bleef een raadsel. Als de jongen gepraat had, kon de politie er blijkbaar weinig mee. Als hij niet gepraat had, des te beter. Tot nu. Ze moesten wel veel vertrouwen in hem als getuige hebben om hem nu alsnog hiernaartoe te halen. Gezien zijn bedreiging hadden ze daar misschien wel erg hun best voor moeten doen.
Tumult op straat deed hem uit zijn gedachten opschrikken. Hij stond op en liep naar het raam. Na een eerste blik op straat zakte hij direct door zijn knieën en keek over de vensterbank naar beneden. Er was een opstootje. Een man werd door twee politieagenten in de boeien geslagen. De man schreeuwde dat ze de verkeerde persoon hadden. De politieagent die vanaf zijn raam gezien het verst van hem vandaan stond, keek snel op een papiertje en knikte beslist. Zijn collega pakte de arrestant bij zijn armen en trok hem met zich mee. Het nieuwsgierige volk dat om het drietal heen stond week uiteen. In enkele seconden waren de agenten en hun arrestant uit zijn blikveld verdwenen.
Hij bleef in dezelfde houding zitten. De man die zojuist was opgepakt, kon met een beetje fantasie voor hem doorgaan. Ze hadden dus zijn signalement. Dat betekende dat het in de straten wemelde van de agenten in uniform en waarschijnlijk van rechercheurs in burger. Ja, die conclusie mocht hij trekken. Nee, móést hij trekken. Voorlopig was de straat voor hem een no-go-area.

Hij schrok van het geluid van de deurbel. Doodstil bleef hij zitten. De deur opendoen was geen optie. Familie of bekenden kwamen hem nooit onaangekondigd opzoeken, daarover waren afspraken gemaakt. Hij had een hekel aan onverwacht bezoek en men respecteerde dat.
Zijn hart bonkte weer in zijn keel. Hij was duidelijk nog niet zichzelf. Maar wie zou dat nu kunnen zijn in deze situatie? Tenslotte was hij wel opgejaagd door een dolle stier. Zijn kennis van de stad en een beetje geluk hadden hem gered. Het moest de politie aan de deur zijn, dat kon haast niet anders.
Ruim een halfuur zat hij in dezelfde houding voordat hij zich strekte en weer achter zijn bureau plaatsnam. Tot zijn opluchting was zijn hartslag weer gedaald en werd hij weer helder in zijn hoofd. Het was de hoogste tijd om zijn strategie te bepalen. Er moest iets gebeuren, hij kon niet afwachten totdat ze hem zouden vinden en hem als een mak schaap naar de slachtbank brachten. Hij was geen kenner van de wet, maar het leek hem onwaarschijnlijk dat de politie elke deur in Peschiera zou openbreken waar niet werd opengedaan. Hij kon hier echter ook niet blijven. Stel dat buurtgenoten hem in de profielschets herkenden? Dan zou de politie zeker terugkomen. En ze zouden zich misschien niet tot alleen deze buurt beperken, maar ook het verkeer controleren. Hij snoof. Het leek hem ergens allemaal wat onwerkelijk. Zoiets kostte ook bakken met geld. Bovendien konden ze hem wel aanwijzen, maar er viel niets te bewijzen. Toch moest hij overal rekening mee houden. De enige die hem feilloos kon aanwijzen was de jongen. De jongen was de sleutel. Bij hem moest hij in de buurt zien te komen. Dit zou alleen lukken als hij de rest van zijn tegenstanders wist te ontwijken.
Een jaar geleden had hij de fout gemaakt de jongen te laten leven. Dat moest hij nu rechtzetten. De jongen was de spil, zonder hem stonden ze machteloos. Daarom moest de jongen sterven, hij had geen andere keus.

36

Zoals afgesproken met rechercheur Carlo Martuccia, meldden ze zich stipt om zes uur 's avonds bij het politiebureau in Verona. Ze werden opgevangen door een baliemedewerker die hen meteen naar een kamer begeleidde. Vanavond zou er een line-up volgen en iedereen was best een beetje nerveus. Martuccia, Tardelli en Karin begroetten hen hartelijk. Ze stonden in een kamer die groter was dan de kantoren die ze tot nu toe hadden gezien. Ze zaten aan een lange tafel waarop twee microfoons in standaard stonden. Martuccia zat achter een paneel met een indrukwekkend aantal knoppen en schuifjes. Hierdoor leek hij meer op een geluidstechnicus dan een rechercheur.

Recht voor hen stond een grote, rechthoekige doorkijkspiegel. De ruimte daarachter was verlicht en ongeveer even groot als de ruimte waarin ze zich bevonden. Op de vloer waren met tape twee witte kruizen aangebracht, eentje in het verlengde van de enige ingang en het andere vlak voor de doorkijkspiegel. Op de tl-buizen aan het plafond en een aantal spotjes dat aan de zijkanten was bevestigd na, was de ruimte leeg.

Tardelli wees op de spiegel. 'Dit is een spiegel waar je maar van één kant doorheen kunt kijken. Vanaf hier zien wij precies wat er aan de andere kant gebeurt. Vanuit die kamer zie je alleen een zwarte wand.'

Niels knikte begrijpend na de snelle vertaling van Karin. 'Dat heb ik al zo vaak op televisie gezien,' beweerde hij.

Tardelli en Martuccia lachten erom. 'Zo zie je maar dat niet alles in die politieseries flauwekul is,' grijnsde de jongste van de twee.

Tardelli knikte naar Karin. 'Neem jij Niels en zijn ouders mee?'
Even later stonden ze met z'n vieren in de kamer. De beschrijving van Tardelli klopte. Ze keken recht tegen een zwarte wand aan.
'Niet op je nagels bijten, Niels,' hoorden ze iemand in het Engels zeggen, waarschijnlijk Martuccia. Het geluid kwam uit luidsprekers die hoog aan de zijwanden hingen.
Niels stopte met het bijten op een nagelriem en grijnsde naar de zwarte rand.
'Dat is beter,' klonk het uit de luidsprekers.
Even later stonden ze weer in de andere kamer. Tardelli richtte zich tot Karin. 'Gisteren en vandaag hebben we in totaal vierentwintig mannen opgepakt die aan de profielschets voldeden die aan de hand van Niels' beschrijving is gemaakt. We laten hen in groepjes van vier aantreden en pikken ze er dan een voor een uit. Niels moet zijn tijd nemen bij het bekijken van die mannen. Ik weet dat het een slim ventje is, maar druk hem nogmaals op het hart dat de mannen in de andere kamer hem absoluut niet kunnen zien. Daarna kun je inspecteur Baldoni inseinen dat hij de volgende groep kan sturen.'
Karin deed wat haar werd gevraagd en enkele minuten nadat ze de ruimte had verlaten kwam het eerste groepje van vier mannen binnen. Blijkbaar waren ze vooraf geïnstrueerd, want ze gingen keurig naast elkaar staan met hun gezicht in de richting van de zwarte wand.
Tardelli drukte op de knop van de microfoon. 'Nummer één, ga op het kruis staan.'
De man deed direct wat hem werd gezegd. Petra zag vanuit haar ooghoek dat Niels de man geconcentreerd in zich opnam. Er was geen herkenning bij hem te zien. Zelf had zij de vorige avond slechts een snelle glimp van de man opgevangen. Vandaag had ze nog wel geprobeerd zich meer details te herinneren zonder dat het iets had opgeleverd.

‘Hoofd langzaam naar links en daarna naar rechts draaien,’ zei Tardelli. Toen de man deze beweging had uitgevoerd, legde Martuccia zijn handen op het paneel dat voor hem op tafel stond.
‘Nu goed opletten, Niels. We gaan de omstandigheden van verleden jaar proberen na te bootsen. Probeer in gedachten terug te keren naar die avond aan het Gardameer waarop je de man zag die je gisteravond hebt herkend.’
Karin vertaalde rap, en in afwachting van wat er ging gebeuren kneep Niels zijn oogleden een beetje dichter naar elkaar toe waardoor het leek alsof hij zich nog dieper concentreerde.
Het licht van de tl-buizen aan het plafond viel uit. Terwijl Martuccia druk bezig was met allerlei knopjes, lichtte de ruimte voor hen langzaam op. Omdat sommige spotjes wat meer oplichtten, werd de man in de kamer van verschillende kanten belicht. Ongeveer zoals het maanlicht zou breken door bomen en takken, maar toch voor wat licht zorgde.
‘Nogmaals hoofd naar links en rechts draaien,’ zei Tardelli.
De man die op het kruis stond, had zwart haar, een normaal postuur en droeg een rood T-shirt en een spijkerbroek. Petra schatte hem zo rond de dertig en hij kon inderdaad doorgaan voor de man die Niels had laten tekenen.
Martuccia keek Niels vragend aan.
‘Het is hem niet,’ antwoordde Niels resoluut.
‘Volgens mij ook niet,’ vulde Hans aan.
Martuccia verlichtte de ruimte weer. Tardelli drukte het knopje van zijn microfoon in. ‘Nummer één, loop terug naar uw plek in de rij en blijf daar staan. Nummer twee, u kunt op het kruis gaan staan.’
Petra keek naar deze nummer twee. Haar eerste indruk was dat hij qua postuur en gezicht op zijn voorganger leek. Toen ze beter keek, zag ze dat deze man een wat voller gezicht had en ze schatte hem een paar jaar jonger dan nummer één. Hij droeg een wit over-

hemd en een grijze broek met daaronder zwartleren schoenen.
'Dat is hem ook niet,' sprak Niels even later.
Hans schudde mismoedig met zijn hoofd. 'Helaas,' zuchtte hij.
Om kwart voor acht verliet het laatste groepje van vier man de ruimte. Niemand van hen was herkend als de moordenaar, maar dat wisten ze nog niet. Later op de avond zou dit persoonlijk aan hen worden medegedeeld, waarna ze het politiebureau konden verlaten.
Martuccia maakte een breed armgebaar en keek Niels aan. 'Jammer, volgende keer beter.'
'Wanneer is die volgende keer dan?' wilde Niels weten.
'Dat kan ik nog niet met zekerheid zeggen. Helemaal nu we weten dat de eerste groep niets heeft opgeleverd, blijven we zoeken. Ik ga straks met je ouders overleggen of jullie nog een paar dagen kunnen blijven. Wellicht dat wij na dat gesprek onze tactiek enigszins moeten aanpassen.'
Niels keek Karin aan voor de vertaling. 'Maar wat gaat er nu dan gebeuren? Die man zat er niet bij. Hij loopt nog steeds rond. Misschien komt hij wel naar ons hotel!'
'Het hotel wordt streng bewaakt, Niels. En als we reden hebben om jullie te verplaatsen, dan zullen we dat doen,' sprak Tardelli op een geruststellende toon. 'Er blijven politiemensen bij jouw hotel. Als die man daar opduikt, slaan zij hem direct in de boeien.'

37

Om elf uur 's avonds stopte er een taxi voor hotel La Ninfa. De man die uitstapte liep regelrecht naar de ingang. Hij had zwart haar, was mager, droeg een slecht zittend pak en hield een in vrolijk papier gepakte doos vast met op de bovenkant een donkerblauwe strik. Hij opende de deur van het hotel en liep in hetzelfde tempo door de hal naar de receptie.

'Pakket voor de familie Kolwijn, kamer 38, derde verdieping, klopt dat?'

De receptionist keek op van zijn televisieprogramma dat hij veel interessanter vond dan een pakketbezorger die wilde dat hij iets voor hem controleerde. Hij werkte ruim twintig jaar als receptionist bij dit hotel en had in die tijd veel vreemde snuiters aan zijn balie gehad. Een snelle blik op de compositietekening achter de balie leerde hem dat de bezorger niet de figuur was die gezocht werd. Mocht de man langer dan normaal over zijn bezorging doen of iets anders doen wat niet klopte, dan kon hij de politie alsnog inschakelen. Ze waren in de buurt, hadden ze gezegd.

Hij vond de naam met daarachter het kamernummer op het scherm van zijn computer. 'Klopt,' antwoordde hij kortaf en hij richtte zijn aandacht weer op het beeldscherm van de televisie.

'Bedankt,' zei de bezorger, en hij liep door naar de lift en drukte op de knop. Het display boven de liftdeur gaf aan dat de lift zich op de vierde verdieping bevond. Rustig wachtte hij af tot de lift naar beneden kwam en de deuren zich zouden openen.

'Pakket voor onze kamer, hij komt met de lift,' fluisterde Luca

Mandelli in het microfoontje dat op de revers van zijn colbert zat bevestigd. 'Hij voldoet enigszins aan de beschrijving en heeft een gekleurde doos met een blauwe strik in zijn handen.'

Van de drie rechercheurs die het hotel en in het bijzonder de kamer van de familie Kolwijn bewaakten, was hij de oudste en degene met de minste conditie. Met zijn observatievermogen en kundigheid om op te gaan in de omgeving was echter niets mis. De twee rechercheurs die op de derde verdieping stonden te posten waren daarentegen jonger en fysiek in topvorm.

Roberto Parolo en Antonio Ranocchia hadden even oogcontact. Parolo stond recht voor de deur van kamer 34 en Ranocchia bevond zich bij de trap aan de zijkant van de etage. Van tevoren waren er goede afspraken gemaakt en hun posities waren strategisch gezien het beste. Parolo was altijd vlak in de buurt van kamer achtendertig en Ranocchia versperde de enige vluchtweg. Wilde de verdachte de lift nemen, dan moest hij eerst langs Parolo. Hij was een meter negentig lang, flink gespierd en was kampioen kickboksen in zijn gewichtsklasse. Antonio Ranocchia was kleiner van stuk en lang niet zo gespierd als zijn collega. Hij was een rustige man van vierendertig jaar en kon het met de meeste van zijn collega's goed vinden. Toch kon hij van het ene op het andere moment giftig uit de hoek komen. Als het bij een arrestatie niet ging zoals hij het wilde, kon de arrestant gemene tikken verwachten die hij nooit had zien aankomen omdat de qua postuur weinig imposante rechercheur razendsnel was.

De liftdeur ging open. De bezorger nam geen notie van Parolo die met zijn rug naar hem toe stond en veinsde dat hij in zijn colbert op zoek was naar de sleutel van zijn kamer. De man hield de doos voor zich en liep direct door naar kamer 38. Toen hij daar recht voor stond, nam hij de doos onder zijn linkerarm en hief zijn rechterhand om aan te kloppen.

Ranocchia stapte met getrokken pistool uit het trapgat en hield het

wapen gericht op de bezorger. 'Geen beweging.'
De man bleef als versteend staan. Parolo was met enkele stappen bij hem. 'Wat komt u bezorgen?' vroeg de breedgeschouderde rechercheur.
De bezorger wist even niet waar hij moest kijken. Naar de loop van het pistool dat op hem was gericht, of in het gezicht van de man met het lichaam van een beroepsworstelaar.
'Ik weet het niet,' antwoordde hij terwijl zijn blik gericht bleef op Ranocchia die met het getrokken wapen naar hem toe liep.
'Hoezo weet u dat niet? Dat wordt toch vooraf aan uw bedrijf gemeld?'
De bezorger haalde zijn schouders op. 'Ik ben niet van een bedrijf. Iemand vroeg me om dit pakket bij deze kamer te bezorgen.'
Ranocchia schatte de situatie nogmaals in en borg zijn wapen op. Hij kwam naast de man staan die nu ingesloten stond tussen twee rechercheurs. Hij liet zijn insigne aan de bezorger zien die knikte. Hoewel hij verrast leek, was het hem duidelijk aan te zien dat hij al eerder had begrepen dat zijn ondervragers politiemensen waren.
'Volg mij,' zei Ranocchia. Terwijl ze met zijn drieën naar de trap liepen, keek Petra op van de televisie. Ze lagen op bed naar een Italiaans programma te kijken en Niels dommelde weg in zijn eigen bed. Het was een kwestie van een paar minuten voordat hij zou slapen, wist ze.
'Wat is er op de gang aan de hand?' fluisterde ze tegen Hans.
'Geen idee, maar ik hoor nu niets meer en ik wil Niels niet onnodig wakker maken.'
Petra knikte en liet haar hoofd weer terugzakken op het kussen. 'Je hebt gelijk. Als ze iets van ons willen horen we dat wel.'
'Precies.'

Met de bezorger tussen hen in, liepen Ranocchia en Parolo de lounge binnen waar Luca Mandelli hen opwachtte. De ervaren

rechercheur keek naar de doos en nam de verdachte zorgvuldig op. Een merkwaardige verschijning, dacht hij, maar hij zei niets.
'Wat doen we?' vroeg Parolo. 'Het melden en dan de explosievendienst inschakelen?'
Ranocchia beet op zijn lip en schudde traag met zijn hoofd. 'Ik weet het niet. Ik hoor niets tikken en ruik ook geen herkenbare lucht. Die van semtex of andere explosieven, bijvoorbeeld.'
'Explosieven?' zei de bezorger verbaasd. 'Waarom zou ik dat moeten bezorgen? Ik kom hier om iets af te geven, niet om de boel op te blazen.'
Mandelli kwam uit zijn stoel, haalde handboeien uit de binnenzak van zijn colbert en deed een handboei om de pols van de bezorger. De andere klikte hij om de poot van een zware eiken bank. 'Niet bewegen, je staat onder arrest. Wij blijven hier maar willen met elkaar spreken en dat gaat jou niets aan.'
Mandelli liep terug en ze overlegden enkele minuten over de stappen die ze moesten nemen. Ze werden het eens en Mandelli opende met een sleuteltje de handboei die om de poot van de bank was bevestigd.
'Meekomen,' zei hij tegen de bezorger die verward en angstig oogde. Gedwee liep hij met het drietal mee naar de parkeerplaats van het hotel. Toen ze de rand daarvan hadden bereikt, wees Mandelli op een greppel die twintig meter verderop lag. Hij gaf de bezorger instructies en Parolo liep met de man mee.
'Wat wij doen is zo tegen de wet,' zei Ranocchia.
Mandelli knikte. 'Je hebt helemaal gelijk en het interesseert me geen ene donder.'
'Zo denk ik er ook over,' antwoordde Ranocchia terwijl zijn blik gericht was op Parolo die de bezorger met de doos de greppel in stuurde en zelf op de rand ging liggen.
'Het is het risico waard,' meende Mandelli. 'Als wij vanavond het monster van Garda arresteren, gaat in heel Italië de vlag uit.' Hij

grijnsde berekenend. 'Zo'n arrestatie staat ook heel aardig op ons cv. Je kunt er vergif op innemen dat, als wij het nu melden bij het bureau en de jongens van de explosievendienst hier uitgebreid aan de gang gaan, een van onze meerderen met de eer aan de haal gaat.'

Ranocchia haalde uit de binnenzak van zijn colbert het identiteitsbewijs dat hij van de bezorger had afgenomen. 'Als die gozer zichzelf opblaast, weten we wel hoe hij heette. Dat is al heel wat meer dan we tot nu toe hadden, nietwaar?'

Mandelli knikte en keek naar Parolo die op de rand van de greppel lag en zich zo had gepositioneerd dat in het geval van een explosie slechts een klein deel van zijn gezicht in de gevarenzone lag. Hij zag hoe de bezorger het kleurrijke inpakpapier van de doos scheurde. Op zijn hoede door de vreemde omstandigheden en de manier waarop de politie reageerde, haalde hij heel voorzichtig het deksel van de doos.

Instinctmatig trok Parolo zich terug en wendde zijn hoofd af. Hij sloot zijn ogen, stopte zijn vingers in zijn oren en wachtte de explosie af. In plaats van een gigantische knal bleef het stil. Parolo keek weer over de rand en zag hoe de bezorger volgens de door hen gegeven instructies het deksel naast de doos had gelegd. Hij bleef op dezelfde plek zitten, legde zijn handen op zijn hoofd en begon langzaam met zijn bovenlichaam heen en weer te wiegen.

38

Martuccia kwam het kantoor van Tardelli binnen. Na de line-up was hij naar huis gegaan om te eten en wat tijd met zijn vrouw door te brengen. Met een beetje geluk zou hij ook thuis slapen. Als er iets interessants voorviel, moest hij direct naar het bureau. En dat was nu het geval.

Onderweg in de auto naar zijn werk had hij een tweeledig gevoel gekend. Hij had het thuis bij zijn gezin naar zijn zin gehad, maar baalde als een stekker dat er juist nu een belangrijke arrestatie had plaatsgevonden. Hij was gebrand op de details. Tardelli had hem door de telefoon slechts meegedeeld dat ze een serieuze kandidaat te pakken hadden.

Toen hij binnenkwam voorspelde Tardelli's gezichtsuitdrukking geen goed nieuws. Tardelli knikte afwezig terwijl zijn blik op een vel papier rustte dat voor hem op het bureau lag.

'Mandelli, Ranocchia en Parolo kunnen hier zo zijn,' mompelde Tardelli. 'Dan nemen we de verdachte van hen over, kunnen zij wat rust pakken.'

Martuccia trok een stoel bij en ging naast hem zitten. 'Hoe zit het met hun aflossing?'

'Esposito en Bianchi zijn ter plekke,' antwoordde Tardelli. Hij tikte met zijn nagel op het papier en klakte met zijn tong.

Martuccia begreep Tardelli's onvrede niet. Ze hadden hem toch, dacht hij. Tenzij het weer een misser was, want die indruk maakte zijn collega op hem.

'Davide Cassani,' zei Tardelli. 'Nadat Mandelli mij belde over hun

arrestatie, heb ik die Cassani door onze computer gehaald. We hebben het over een achtentwintigjarige junk uit Verona zonder een vast adres of vaste verblijfplaats. Vanaf zijn zestiende is hij veelvuldig met de politie in aanraking geweest. Kleine delicten, meestal gerelateerd aan zijn heroïnegebruik. In totaal heeft hij twee jaar gezeten.' Hij schudde mismoedig met zijn hoofd. 'Een zwaar verslaafd draaideurcrimineeltje zou het monster van Garda moeten zijn. Een junk die op straat leeft zou dezelfde persoon zijn die zijn moorden tot in de perfectie voorbereidde, uitvoerde, geen bewijs achterliet en uit onze handen wist te blijven. Een soort genie die in zijn zenuwen alsnog een beginnersfout maakt die hem zijn kop kost. Ik heb zo mijn twijfels of we wel de juiste man hebben.'
Martuccia trok het vel papier waarop de gegevens van Davide Cassani stonden naar zich toe en begon te lezen. 'Het lijkt inderdaad wat onwaarschijnlijk,' zei hij even later. 'Aan de andere kant maken de grootste en slimste misdadigers de stomste fouten waardoor ze toch gepakt worden. Misschien is het er wel eentje uit die categorie. Wie weet leefde hij voor de buitenwereld als een junk, maar had hij zonder dat iemand het wist wel de beschikking over faciliteiten.'
'Een dubbelleven,' concludeerde Tardelli. 'Aardig bedacht. Tenslotte weet je het op voorhand nooit. Oké, we stappen dit verhoor min of meer blanco binnen en zien wel wat we uit hem krijgen. Praten zal hij heus wel, onze taak is ervoor te zorgen dat hij zich verspreekt.'
'Deal,' zei Martuccia. 'Dit is onze beste kans, we persen alles uit hem tot we het zeker weten, al wordt het zes uur in de ochtend.'
'Wat een heerlijk vooruitzicht,' mompelde Tardelli cynisch.
'Toen je me daarnet thuis opbelde, vertelde je me snel hoe hij met die doos in zijn handen voor de kamerdeur van de familie Kolwijn was opgepakt. Moet ik daarover nog iets weten?'
Tardelli wilde antwoorden, maar werd gestoord toen de deur van

zijn kantoor werd geopend en de drie rechercheurs die de arrestatie hadden verricht hun arrestant kwamen afleveren.
Tardelli keek Roberto Parolo aan en knikte naar de stoel die voor zijn bureau stond. 'Zet hem daar maar neer.' Parolo deed wat hem werd gezegd en stapte terug.
'Dit wilde de arrestant bij kamer 38 in hotel La Ninfa bezorgen,' zei Ranocchia, terwijl hij de doos met de blauwe strik op het bureau neerzette.
'Wat doen wij?' vroeg Luca Mandelli. 'Direct terug naar het hotel en onze post weer innemen?'
Tardelli schudde z'n hoofd. 'Esposito en Bianchi hebben jullie afgelost, dus neem eerst een pauze. Eet en drink wat. Daarna wil ik jullie nog even spreken over wat er is voorgevallen.'
Het drietal groette hen kort en vertrok. Pauze en wat eten was een aanlokkelijk vooruitzicht voor de mannen die vanaf die middag hun post hadden bezet en niet of nauwelijks iets hadden gegeten of gedronken. Met in hun achterhoofd de geruststellende gedachte dat de beveiliging van het Nederlandse gezin goed was geregeld, zouden ze hun tijd nemen.
Tardelli haalde het deksel van de doos en liet de inhoud aan Martuccia zien. Het was een mes van ongeveer vijftien centimeter. Martuccia zag nergens een roestplekje of beschadiging en concludeerde dat het mes gloednieuw was.
'Met dit vlijmscherpe mes stond jij voor de deur van kamer 38,' zei Tardelli.
'Ik wist het niet,' reageerde Cassani direct. 'Ik zweer het jullie, ik wist niet dat er een mes in die doos zat.'
'Dus je hebt het er niet zelf in gestopt?'
Cassani schudde heftig van nee. 'Ik heb die doos pas gekregen toen ik in de taxi stapte.'
'Van wie heb je hem gekregen?' wilde Tardelli weten.
'Van een gozer die ik vanmiddag voor het eerst heb ontmoet.'

'Waar?'
'Op een pleintje in Verona, waar wij veel rondhangen.'
'Wie is "wij"?'
'Gebruikers, dealers, vaste klanten en mensen die gehoord hebben waar ze dope kunnen scoren.'
Martuccia dacht te weten welke plek de junk bedoelde, maar wilde daar nu niet verder op doorgaan. Tardelli zat in een goed ritme en de man tegenover hem was een doorgewinterde drugsgebruiker die in de gevangenis had gezeten. Iemand die dus veel met de politie te maken had gehad. Het spelletje *good cop, bad cop* zou op deze man waarschijnlijk geen groot effect hebben.
Hij liet zijn blik over Davide Cassani glijden. De man droeg een beige pak dat hem enkele maten te groot was. Daaronder een lichtblauw gekreukeld overhemd. Hoewel het afgedragen rommel was, paste dit zelfs niet bij hem. Hij was broodmager, bibberde over zijn hele lijf, had dun, zwart haar, ingevallen wangen, geen fatsoenlijke tand in zijn mond en gore rouwranden onder zijn nagels. Was dit de man naar wie ze zo lang hadden gezocht? Alles was mogelijk, maar dit leek hem inderdaad onwaarschijnlijk.
'Hoe kwam die ontmoeting tot stand?' ging Tardelli verder.
'Ik zat op het plein met een groepje vrienden te praten. Hij liep daar rond en op het moment dat we toevallig naar elkaar keken, liet hij onopvallend een briefje van vijftig euro zien. Ik liep naar hem toe en we raakten aan de praat.' Hij slaakte een diepe zucht. 'Had ik hem maar nooit ontmoet. Wat een ellende, ik moet snel wat scoren, anders word ik ziek.'
'Dat zien we straks wel,' antwoordde Tardelli laconiek. 'Ik wil eerst het hele verhaal horen en dan ga ik erover denken om een dokter te bellen die wellicht medicijnen voor je heeft.'
De donkere ogen van Cassani lichtten even op. Het idee dat er drugs of een plaatsvervangend middel hiervan in zijn lichaam kwam gaf hem weer kracht. 'Hij gaf me het briefje van vijftig om

naar hem te luisteren. Ik stemde toe en we gingen twee straten verder op een terrasje zitten.'

'Dat zal me een verhaal geweest zijn,' pushte Tardelli toen hij dacht dat Cassani stilviel.

'Dat kun je wel stellen, ja. Hij vertelde dat goede kennissen van hem in een hotel net buiten Verona zaten. Samen met hun zoon die een ongeneeslijke ziekte had. Hij wilde het gezin verrassen met een pakketje. Om die verrassing nog groter te maken, moest het 's avonds om een uur of elf gebeuren. Niet te vroeg en niet te laat.'

'En daarvoor benaderde hij jou, in plaats van een van de vele pakketdiensten? Dat lijkt me heel onwaarschijnlijk, Davide. Als jij lulverhalen gaat ophangen, vergeet ik spontaan het nummer van de dokter die vast wel iets lekkers voor je heeft. Dan wordt het een lange zit in de cel, want je gaat sowieso achter de tralies voor verboden wapenbezit. Werk je mee, dan kan ik misschien je verblijf veraangenamen. Ga je echter onzin verkopen, dan denk ik daar zelfs niet aan.'

In zijn verontwaardiging wilde Cassani opstaan, maar wist zich net op tijd te beheersen. Voornamelijk de priemende blik van Martuccia was daarvoor verantwoordelijk. 'Het is echt waar, geloof me alsjeblieft. Na het terrasje zijn we kleren gaan kopen in een winkel voor tweedehandskleding. Daar heeft hij dit pak voor me gekocht.'

'Heeft hij ook iets voor zichzelf gekocht?'

'Ik denk het wel. Hij heeft achter een laken dat ze daar hadden opgehangen kleren gepast. Wat hij precies heeft gekocht weet ik niet. Dat was mijn zaak ook niet.'

'Afijn, hij vertelde dus een vreemd verhaal en jullie kochten kleren. Maar wat zat er dan voor jou in, behalve die vijftig euro?'

'Een maaltijd, de kleren mocht ik houden en gedurende de dag nog eens honderd euro extra. Na de aflevering zou hij mij komen halen en weer terugbrengen naar Verona. Daar zou ik nog eens honderd euro ontvangen.'

'In totaal tweehonderdvijftig euro voor het afleveren van een verrassingspakket,' zei Tardelli. 'Voor dat geld kun je tien pakketjes laten bezorgen, kun je nagaan hoe wanhopig hij was.' Hij maakte met zijn vingers een gebaar dat hij het geld wilde zien. 'Dat hebben uw collega's afgepakt. En wat ik heb gezegd is waar, al gelooft u het niet. Hij maakte op mij trouwens geen wanhopige indruk. Eerder dat hij precies wist waarmee hij bezig was.'

Een korte blik van Tardelli was voldoende. Martuccia pakte zijn mobiele telefoon, drukte een toets in en sprak kort met Luca Mandelli.

'Ze hebben inderdaad honderdvijftig euro in beslag genomen. Drie briefjes van vijftig.' Tardelli richtte zich weer op de arrestant. 'Beschrijf de man die jou gevraagd heeft dit pakket te bezorgen.'

Het antwoord kwam overeen met het signalement van de man die ze zochten.

'Is het nooit in je opgekomen dat die doos weleens verboden waren kon bevatten? '

Cassani twijfelde. 'Het zal best even door mijn hoofd hebben gespeeld. Maar de verleiding was te groot. Het was een simpel klusje en ik kreeg ook nog eens extra geld om na afloop te scoren. Hij was niet iemand uit de scene dus het ging niet om drugs, en het leek gewoon een aardige vent die deed wat hij zei.'

'Maar hij heeft je er toch ingeluisd. Even voor de statistieken,' ging Tardelli verder. 'Waar was je de afgelopen week 's avonds na acht uur?'

Martuccia begreep waar zijn collega heen wilde. Er waren nog heel veel vragen te stellen, maar onder deze kon hij niet uit. Het gesprek werd opgenomen en mochten er ooit opmerkingen over komen, dan had hij zich altijd ingedekt door deze vraag te stellen. Hoe zinloos die vraag ook was. De man die tegenover hen zat had geen enkel tijdsbesef. Hij leefde van uur tot uur, van de ene naar de andere shot.

'Dat is makkelijk, ik ben altijd in Verona. Ergens anders heb ik namelijk niets te zoeken.'
Martuccia zag dat Tardelli zijn bureaula opentrok. Wat hem betrof wat aan de late kant, maar hij kon het wel begrijpen van zijn collega. Natuurlijk waren er nog legio vragen te bedenken, die waarschijnlijk stuk voor stuk tijdverspilling waren. Hij had sterk het vermoeden dat ze op één lijn zaten, wat onder meer inhield dat er ook bij Tardelli een naar onderbuikgevoel steeds nadrukkelijker opspeelde. Dit verhoor moest snel worden beëindigd.
'Waar zet jij je shots?' wilde Tardelli weten.
'Overal waar ik een ader kan vinden.'
'Doe de mouwen van je colbert omhoog.'
De door overdadig drugsgebruik mishandelde en mismaakte armen van Cassani waren geen prettig gezicht.
Uitstekende zet, dacht Martuccia. Het leek er sterk op dat deze verdachte de man was die hij beweerde te zijn. Als hij nu nog de man op de schets zou herkennen...
Tardelli legde de profielschets recht voor Davide Cassani. 'Komt dit gezicht je bekend voor?'
Cassani reageerde als door een adder gebeten. Hij liet zijn hand hard op de schets neerkomen. 'Dat is hem. Dit is de klootzak die mij erin heeft geluisd!'

39

Salvatore lag op zijn buik in het struikgewas, een kleine tweehonderd meter tegenover de ingang van hotel La Ninfa. Door zijn verrekijker had hij het tafereel van de rechercheurs en de junk in de greppel gadegeslagen. Hij was blij geweest toen de junk gearresteerd werd en ze allemaal in de auto stapten om te vertrekken, maar die vreugde werd meteen tenietgedaan toen op het moment dat ze wegreden uit twee verschillende auto's die op het parkeerterrein stonden twee mannen opdoken die vast meer dan alleen burgers waren. Natuurlijk had hij er rekening mee gehouden dat de politie over een back-up beschikte. Toch had hij even moeten slikken. Een confrontatie met deze kerels kon niet uitblijven en dat zou niet alleen vertraging betekenen, maar ook een groot risico met zich meebrengen. Hij dacht dat dit team minder alert zou zijn dan hun voorgangers waren, omdat de verdachte al gepakt was en ze daardoor geen dreiging meer verwachtten, maar misschien had hij het mis. Hij moest vanaf de eerste seconde scherp zijn. Alleen dan had hij een kans hen uit te schakelen.

Hij richtte de verrekijker weer op de ingang en zag dat een van de rechercheurs zijn intrek in de foyer had genomen. Al had hij met alles rekening gehouden, nu hij van het moeilijkste scenario uit moest gaan begon hij toch wel zenuwachtig te worden. Hij hoorde het aanzwellende geluid van een motor, draaide zijn verrekijker een klein stukje en zag hoe een auto de parkeerplaats van het hotel op reed.

Hij vloekte zachtjes. Nog meer mensen. Politie of niet, hoe meer

mensen er waren, hoe moeilijker het werd. Bovendien ontnamen ze hem het zicht op de lobby. Twee mensen stapten uit de zojuist geparkeerde auto en liepen het hotel binnen. Toen stopte er nog een taxi voor het hotel. Het afrekenen duurde naar Salvatores mening veel te lang. De man had natuurlijk gezopen, dacht hij.
'Schiet toch op, zeikerd,' siste hij tussen zijn tanden.
Toen er tot overmaat van ramp nog een taxi stopte, legde hij de verrekijker naast zich neer. Het was niet zijn avond. Even overwoog hij naar huis te gaan en het op een ander moment te proberen, maar toen realiseerde hij zich dat hij geen tijd te verliezen had. Het moest vanavond gebeuren. Terwijl hij de ingang van het hotel in de gaten bleef houden, besloot hij het over een andere boeg te gooien. Niet zeuren, maar zichzelf oppeppen. Hij was tot hier gekomen zonder dat iemand hem ook maar op het spoor was. Onzichtbaar voor anderen was hij al zo dicht bij zijn nieuwe slachtoffer. Hij was er klaar voor. Daar moest hij moed uit putten. Zijn moment zou vanavond echt wel komen. Dat kon niet anders, want hij was iedereen weer te slim af geweest.
Nadat hij de schok te boven was gekomen dat de hele politiemacht van Peschiera en omstreken jacht op hem maakte, had hij weer helder kunnen nadenken. Net voor zonsopgang was hij op zijn scooter gestapt en naar Verona gereden. Doordat hij uitsluitend over onverharde wegen en wandelroutes had gereden, had het hem meer dan een uur gekost om Verona te bereiken. Elke minuut van de rit was het ongemak waard geweest. De politie hield zelfs op dat tijdstip wegblokkades en controles op de autowegen die hij allemaal had weten te omzeilen.
Hij had zich telefonisch ziek gemeld en tot een uur of tien in een lunchroom gezeten die om zes uur 's morgens openging. Daarna had hij twee uur in een internetcafé doorgebracht. De verleiding om ergens op een plein of in een etablissement op zijn eigen laptop te werken kon hij weerstaan. Hoeveel blokkades en dwaalsporen

hij ook zou plaatsen, zijn zoektocht op het web leidde uiteindelijk naar zijn laptop. Dat risico kon hij niet nemen. In het internetcafé waren geen camera's, en het zou hem een zorg zijn als zijn acties op internet naar dat adres leidden. Hij zou er na vandaag toch nooit meer komen.

Voor iemand met zijn kwaliteiten waren de dingen die hij moest uitzoeken simpel. Hij kwam vrij snel in het boekingssysteem van camping Regina di Garda. Hij liep alle boekingen na van de week waarin hij op die camping had toegeslagen. Van de media had hij begrepen dat 'de jongen die ontsnapt was' Nederlands was en dus zocht hij op wat hem Nederlandse namen leken. Het was een behoorlijke lijst, maar hij checkte ze een voor een via socialmediasites, Google en via een programma dat hij en andere hackers online verstopt hadden om identiteitsgegevens op te sporen. Op een weliswaar op non-actief gesteld profiel op Hyves had hij beet. Niels Kolwijn. Hij wist dat de familie in de buurt moest zitten omdat ze in Peschiera op het terras hadden gezeten. Bovendien was de zoektocht naar hem misschien ook wel zo fanatiek omdat ze in Peschiera verbleven. Het kon natuurlijk zijn dat ze onder een andere naam stonden ingeschreven, maar hij hoopte dat er niet te veel hits zouden zijn zodat zijn zoektocht niet al te moeilijk zou worden. Hij wilde zo min mogelijk van zichzelf prijsgeven, dus hij durfde niet alle hotels in de omgeving te bellen en naar de Nederlanders te vragen, bang dat zijn stem herkend of opgenomen zou worden.

Toen schoot hem een andere mogelijkheid te binnen. Hij had ooit de laptop van een medewerkster bij de afdeling Veiligheid onder handen gehad. Ze was de vrouw van een agent en die eikel had via haar laptop op zijn mail ingelogd. Hij had de gegevens bewaard. Dat hij daar nu pas aan dacht! Hij zou er wel heel even zijn eigen laptop voor moeten gebruiken, dat was een risico, maar als hij snel werkte, zou het niet uitmaken. Voordat ze erachter waren dat

hij degene op de tekening was, was hij allang weer uitgelogd en verdwenen.
Hij kon het niet geloven toen hij daadwerkelijk in de mailbox kwam van de agent. Helaas leek hij niet over informatie te beschikken die naar de naam Kolwijn verwees. Hij probeerde een zoekopdracht met het woord 'hotel'. Er waren een stuk of tien mailtjes. Het bleek dat de man een reservering had gemaakt voor zijn vijftiende huwelijksdag in Venetië. Gatver, wat klef. Eén mail had geen onderwerp en de afzender werkte ook bij de politie. De mail was van die ochtend. *Ha, neef. Spreek je overmorgen uitgebreid als jullie komen eten. Moet nu naar hotel LN voor die high-profilezaak.*
LN. Initialen? Snel liep hij de lijst van hotels in de omgeving af. La Ninfa! Dat was het hotel dat op de weg van Verona naar Peschiera lag. Hij kwam er heel vaak langs. Het kon haast niet anders of de high-profilezaak betrof zijn zaak. En dus die van de Nederlanders. Hij kon zijn geluk niet op. Hoe groot was de kans nou dat een familielid van de mailaccounthouder iets met zijn zaak te maken had? Misschien toch groter dan hij dacht. Veel politie, brandweer en gemeenteafdelingen waren gekrompen het afgelopen jaar. Hoe vaak hij de laatste tijd niet profielen en gegevens van ex-medewerkers gewist had.
Om alles zo goed en zo snel mogelijk te plannen, nam hij nog een risico. Hij zocht het telefoonnummer van het hotel op en ging op zoek naar een publieke telefoon. Toen hij naar het hotel belde, deed hij alsof hij van de politie was. De receptionist was argwanend en kon of wilde hem niet doorverbinden met de familie Kolwijn, maar de man flapte er nog de vraag uit waarom hij geen contact met zijn collega's hierover opnam. Salvatore wist even niet wat hij moest zeggen, maar toen hoorde hij gerommel alsof er iets over de hoorn geschoven werd. Opeens klonk er weer gerommel en hoorde hij de receptionist zeggen: 'Vertelt u hem dat zelf maar.'
Op dat moment hing Salvatore op. Hij wist genoeg.

Van zijn vader had hij nog een leren schouderholster met daarin een pistool. Het wapen was een imitatiemodel zonder kogels, maar uitermate geschikt voor zijn missie. Slechts een expert zou van dichtbij het verschil opmerken tussen deze nepper en een origineel wapen. Hij was er vroeger ook in getrapt als die schoft hem ermee bedreigde. Maar die kon dat allang niet meer. Die lag onder de groene zoden. Hij had ook een badge van zijn werk. Het was weliswaar niet dezelfde als die van de politiemacht, maar dat zou een buitenlander niet merken. Er stond iets van de gemeente op en hij zou het heel even omhooghouden. Hij had er nog het woord 'politie' bijgeplakt. Hij glimlachte dunnetjes. Tot dusver had hij iedereen in de maling genomen. De junk had zich ook door hem laten inpakken als een kleuter die je verleidt met een zak snoep. Hij moest eerlijkheidshalve wel toegeven dat het erg goed uitkwam dat de junk even voor hun ontmoeting een shotje had gezet. Wat een schril contrast moest het voor de man zijn met hoe hij er nu op het politiebureau bij zou zitten en hoe dat gisteravond nog was geweest. Een groot deel van de avond hadden ze op terrasjes doorgebracht. Tussendoor had hij de junk alleen gelaten met de mededeling dat hij mocht bestellen wat hij wilde. Om hem scherp te houden had hij hem beloofd rond negen uur nogmaals vijftig euro te betalen. Een afspraak waaraan hij zich uit eigenbelang had gehouden. Terwijl de junk genoot van een fatsoenlijke maaltijd op een terrasje, had hij de messen en de doos gekocht in een winkel voor huishoudelijke artikelen. Het inpakpapier en de strik schafte hij later op de avond aan bij een souvenirwinkel. In een achterafstraatje had hij een van de messen in de doos ingepakt en de strik bevestigd. Hij had de man opgedragen een taxi te nemen en was zelf op zijn scooter geklommen. Hij wilde niet door de taxichauffeur herkend worden en ook niet samen in de taxi gezien worden met de junk. Net toen hij zijn plekje had gevonden om het hotel in de gaten te houden, waren de junk en de politie naar buiten gelopen. Perfecte timing. Net als nu.

Hij keek op zijn horloge, checkte de weg nog een keer op verkeer en besloot dat het moment was aangebroken. Hij stopte de verrekijker in de rugzak die naast hem op de grond lag en klopte zijn kleren af. Gelukkig had het de afgelopen dagen niet geregend. Voor de zekerheid controleerde hij de binnenzakken van zijn colbert en de diepe zak van zijn regenjas. Hij zette een bril met zwaar montuur en een mallotig jagershoedje op en liep naar de ingang van het hotel.

40

Nu ze Verona achter zich hadden gelaten en op de tweebaansweg reden waaraan hotel La Ninfa lag, trapte Tardelli het gaspedaal dieper in en hield deze snelheid ook vast als de weg bochtiger werd. Gelukkig kon de Fiat de wrede rijstijl hebben. Hoewel Martuccia al twee keer gedacht had dat ze zouden omslaan, bleef de auto prima in balans.

'Maak je niet zo nerveus, Carlo,' gromde Tardelli die wel gezien had hoe zijn collega zich schrap had gezet. 'Prima karretje en een excellent chauffeur. We zijn er zo.'

Martuccia bromde binnensmonds iets terug. De auto mocht dan goed zijn, met zo'n rijstijl wist je het maar nooit. Hij had aardig wat ritjes met zijn collega achter de rug, maar zo bont als vanavond had Tardelli het niet eerder gemaakt.

'Vertel hoe de zaken ervoor staan, in plaats van zo schichtig te kijken.'

Martuccia haalde zijn schouders op. 'Wat kan ik zeggen? Ik hoop dat we op tijd zijn en dat die junk niet gelogen heeft. Of eigenlijk, dat er niet tegen hem gelogen is zodat we die eikel echt op kunnen pakken omdat hij nog bij het hotel rondhangt. Maar als hij de junk zat op te wachten dan is hij hem waarschijnlijk al gesmeerd. Hij moet gezien hebben dat zijn loopjongen is opgepakt.'

'Ja, maar hij stuurt niet voor niets een boodschap. Het is een duidelijke bedreiging. Hij wil dat gezin iets aandoen. En dat kan ik me goed voorstellen als je bedenkt dat die jongen de enige echte getuige is die we hebben en die hem in de weg staat.'

'Wat ik al zei, ik hoop dat we niet te laat zijn,' antwoordde Martuccia.
'Dan hadden we wel een melding van de jongens gehad. En je hebt net de familie Kolwijn gebeld. Wie kreeg je aan de lijn?'
'Mevrouw Kolwijn, Petra.'
'Hoe klonk ze?'
'Normaal, volgens mij hebben ze de aanhouding niet eens opgemerkt.'
'Prima, geen paniek in de tent. Dat is het laatste waarop we zitten te wachten.'
'Ze reageerde rustig, bijna ingetogen, toen ik zei dat er nog steeds politiebewaking was, wij onderweg waren en ze voor niemand behalve de politie mocht opendoen.'
'Klinkt goed,' antwoordde Tardelli. 'En onze jongens?'
'Die zijn in positie. Ik heb gemeld dat we toch voor minstens drie man beveiliging gaan en er over een paar minuten zijn.'
'Oké. Zeg, in mijn plaats zou jij het verhoor eerder afgekapt hebben, toch? Het is dat die junk alleen aan een shot kon denken, maar iedere andere verdachte had opgemerkt dat je op hete kolen zat.'
'Waarschijnlijk wel,' antwoordde Martuccia. 'Ik kreeg al snel het gevoel dat Cassani niet onze man was. Maar ik begrijp dat jij het op deze manier speelde.'
'Je weet net zo goed als ik dat we tijdens een verhoor bepaalde punten aan de orde moeten stellen. Het verhoor blanco in gaan, weet je nog wel? Al met al heb ik het snel afgehandeld. In de ogen van bijvoorbeeld Interne Zaken misschien wel veel te snel.'
Martuccia maakte een wegwuivend gebaar. 'Alsof die ratten hun vingers zouden branden aan deze zaak. Dit ligt veel te gevoelig.'
Martuccia zuchtte hardop. 'Het zit me niet lekker, het zit me verdomme niet lekker. De bewaking van het hotel is volgens het boekje. Maar deze situatie is dat niet. Die hufter heeft dit goed uitgedacht en wij zijn er met open ogen in getuind. Natuurlijk hebben we bewaking, ervaren mensen. Als hij opduikt dan grijpen ze hem.

Toch heb ik er een naar gevoel over. Daarom wil ik er zelf zijn.'
Er was nog iets wat hem dwarszat, maar dit hield hij voor zich. Tardelli was ervaren genoeg om met hetzelfde dilemma rond te lopen. Hoe wist die vent dat ze in hotel La Ninfa logeerden? Was de moordenaar iemand die toegang had tot politionele dossiers? En nog een graadje erger: was hij een van hen, een collega, misschien wel iemand met wie je dagelijks omging?
'Keuzes maken is onderdeel van ons werk, Carlo. De bewaking van het hotel valt daar ook onder. Wij hebben bewust gekozen voor een enigszins afgelegen middle-classhotel. Op het moment van deze beslissing wogen de nadelen niet op tegen de voordelen.'
Hij haalde een hand van het stuur en telde af op zijn vingers. 'In verhouding tot de moderne hotels heeft La Ninfa betrekkelijk weinig kamers, dus minder personeel. Ook de beveiliging daar is amateuristisch te noemen. Slechts één camera boven de receptie en geen nachtwaker. Op het eerste gezicht geen logische keus, maar juist omdat we het low profile hebben gehouden, was het de beste kans om het gezin te beschermen.' Hij knikte. 'Ik begrijp dat jij je zorgen maakt. Dat doe ik ook. We zouden geen beste rechercheurs zijn als we nu achterover gingen leunen, nietwaar? Dit hoort er allemaal bij, Carlo. We hebben de boel onder controle, daar draait het uiteindelijk om. Over een paar minuten is het zover en krijgen die jongens versterking. Voor zover dat nodig is.'
Martuccia besloot te zwijgen. Hij had sterk het gevoel dat Tardelli de situatie enigszins luchtiger schetste dan die in werkelijkheid zou kunnen zijn. De beveiliging was in orde, maar een extra man zou geen kwaad kunnen. 'Het monster' was een sluwe vent die tot het uiterste zou gaan en tot dusver steeds uit hun handen wist te blijven. Die moest je niet onderschatten. Als hij hen weer een loer zou draaien, wat zijn grootste angst was, dan vielen er misschien nog meer doden, en dan eindigden ze aan de schandpaal en was hun carrière definitief over. Daarom wilde hij zo snel mogelijk ter plekke zijn.

41

Salvatore liep in zijn zwerverskloffie de ingang van het hotel binnen. Achter in de lobby zag hij de rechercheur zitten die een van zijn collega's had afgewisseld. De man las een magazine en liet het blad iets zakken toen hij hem tot op enkele meters naderde.
'Zeg, maat,' zei Salvatore met hese stem tegen de rechercheur, 'ik ben platzak. Koop jij alsjeblieft een biertje voor me?'
Giuseppe Bianchi schatte de man in die op hem afkwam. Het was een van de vele zwervers hier in de buurt die kwam bedelen bij toeristen. 'Nee, ik heb geen geld bij me,' sprak hij op geïrriteerde en besliste toon. 'En nu lekker wegwezen.'
Salvatore deed alsof hij teleurgesteld was terwijl hij dacht: *Dat noemt zich rechercheur. Hij herkent me niet eens door de vermomming heen. Deze beveiliging is een lachertje.* Hij schuifelde nog even door en op het moment dat de rechercheur geërgerd weer opkeek sloeg hij toe. Razendsnel haalde hij het mes uit zijn jas, verplaatste zijn gewicht naar voren en stak de rechercheur in zijn buik. Terwijl hij op de man leunde, hoorde hij hem zuchten en voelde hij hoe het leven uit zijn tegenstander vloeide. De man had niet eens de tijd gehad alarm te slaan. Hij trok het mes uit het lichaam en bedekte de bloedvlek snel met het magazine. Het zou niet lang duren voordat het duidelijk was dat de man dood was, maar tegen die tijd zou hij zijn volgende stap al genomen hebben. Het mes verdween weer in zijn zak en hij liep met dezelfde wankele tred naar de receptie.
Nog voor hij de balie bereikt had draaide de receptionist zijn hoofd, keek hem minachtend aan en wuifde hem met een slap

handje weg. 'Hoe vaak moeten wij nog zeggen dat jullie hier niet mogen komen? Omdraaien en wegwezen. Of moet ik soms de politie bellen?'

Die staat niet meer op en kan je dus ook niet meer helpen.

De man draaide zijn hoofd weer naar het scherm. Hij wilde tijdens het televisieprogramma zo min mogelijk gestoord worden. Salvatore bromde binnensmonds een serie onverstaanbare woorden en deed alsof hij afdroop in de richting van de uitgang. Toen hij zag dat de receptionist hem geen blik meer waardig gunde, sprong hij achter de balie. De receptionist was te overdonderd om tot actie over te gaan. Hij kon niet begrijpen dat een zwerver zoiets deed.

Salvatore trok zijn mes. De vingers van zijn andere hand graaiden in de zwarte haardos van de receptionist. Toen hij goed houvast kreeg, trok hij de man aan zijn haren.

'Wat... doe je... nu?' stamelde de overrompelde man terwijl hij noodgedwongen opstond.

Salvatore trok de man verder naar zich toe en drukte de mespunt tegen zijn hals. 'Breng me naar de plek waar de opnames van de camera liggen.'

De man wees naar een deur die de receptie met een andere ruimte verbond. 'D-daar...'

Patronello duwde de man in de richting van de deur. Hij hield daarbij de haren in een ijzeren greep en de mespunt bleef hij tegen de keel van de receptionist houden. 'Openmaken.'

De man drukte de klink naar beneden en duwde de deur open. 'In die kast,' zei hij met trillende stem.

Salvatore duwde hem verder naar voren en trok de kast open. Een enkele blik was voldoende om te constateren dat de man de waarheid had gesproken. Hij haalde het mes van de keel van de receptionist, die letterlijk op zijn benen stond te trillen. Met een snelle beweging stak hij het mes net onder de ribben, in de linkerzij van de man die meteen met een diepe kreun door zijn knieën zakte.

Met een achteloos schopje sloot hij de deur die het kantoor met de receptie verbond. Hij liep langs het lichaam op de grond en concentreerde zich op het camerasysteem. Voor iemand met een technisch inzicht als hij, was het een fluitje van een cent. Het systeem was gedateerd, zoals alles in dit hotel. Hij haalde de videoband die nu opnam eruit en vernietigde deze. Snel checkte hij of er een eerdere band was waar hij op stond. Daarna trok hij het mes uit het lichaam van de man, veegde het bloed aan diens overhemd af en stopte het mes weer terug in de binnenzak van zijn colbert.
Hij had geen tijd te verliezen. Zonder de stervende receptionist nog een blik waardig te gunnen, liep hij naar de deur, opende deze voorzichtig en zag dat er nog steeds geen mensen in de hal of receptie waren. Hij pakte een kamersleutel van het bord dat achter de balie hing en nam de lift naar de derde verdieping. Daar aangekomen, deed hij de liftdeur zo stilletjes mogelijk open en stapte uit. Alsof hij te veel gedronken had, wankelde hij door de gang. 'Kamer vier... kamer 34,' mompelde hij. 'Of was het 36? Wat zijn die lettertjes belachelijk klein.' Terwijl hij verder waggelde en langzaam maar zeker in de buurt van kamer 38 kwam, zette hij zich schrap. Het kon niet lang meer duren voordat de politieman zou optreden. Hij bleef staan, hield de sleutel pontificaal voor zich en liet zijn andere hand in de binnenzak van zijn colbert glijden, terwijl hij iets over zijn telefoon begon te mompelen.

Bernardo Esposito sloeg de dronken hotelgast gade. Het uiterlijk van de man had iets gekunstelds. Hij vertrouwde het niet helemaal, maar kon er niet precies de vinger op leggen. Wat stond hij nou in zijn binnenzak te graaien terwijl hij de sleutel gewoon in zijn hand had? Hij hoorde hem iets over zijn telefoon brommen. Omdat de dronkaard zich half van hem had afgewend, kon hij zijn gezicht niet goed zien. Het had er alle schijn van dat het hier een onnozele hotelgast betrof die te diep in het glaasje had gekeken,

maar toch... Volgens de regels had Bianchi hem moeten inseinen dat er iemand op weg was naar de derde verdieping. Had zijn collega soms dezelfde conclusie getrokken en erop gerekend dat hij de dronkaard zou opvangen?
Zogenaamd relaxed liep hij op de man af. Om de situatie niet gespannener te maken trok hij zijn dienstwapen nog niet. Hij ging alleen even poolshoogte nemen. 'Goedenavond, meneer.' Hij toonde zijn legitimatie. 'Politie, kan ik u ergens mee helpen?'
De handschoenen. Dat was het. Dat was wat hem dwarszat.
Salvatore had gewacht tot de rechercheur vlak bij hem was. Uit zijn binnenzak trok hij het mes, draaide zich een kwartslag en stak toe.
Esposito was een fractie van een seconde te laat om zijn wapen te pakken. Salvatore raakte hem vol in de borst. De ogen van de rechercheur leken uit te puilen. Hoe had hij zo stom kunnen zijn? Hij ging door zijn knieën en zakte op de vloer ineen.
Salvatore sleepte het lichaam naar het trappenhuis. Hij trok zijn jas uit en bedekte er Bernardo Esposito mee.
Hij haalde een hand door zijn haar, trok zijn colbertje recht en liep naar kamer 38.

42

Tardelli nam ruim van tevoren gas terug zodat hij niet aan kwam scheuren en aandacht zou trekken. Dat kon argwaan opwekken. Hij parkeerde schuin voor de ingang. Ze stapten uit en sloten de portieren zachtjes en beheerst. Martuccia ging met snelle pas voorop. Hij moest zich inhouden om niet te rennen.

In de hotellobby overzag hij met een enkele blik de situatie. Giuseppe Bianchi zat onderuitgezakt in de lounge. De onderkant van zijn witte overhemd was doordrenkt met bloed. Martuccia voelde hoe zijn maag verkrampte. Hij liep verder. De balie was onbemand, in de lounge en hal was verder niemand aanwezig en het rode lampje van de camera was uitgevallen. Dit was waarvoor hij zo had gevreesd. Ze waren te laat.

'Jij neemt de trap en ik pak de lift,' zei Tardelli die vlak achter hem liep.

Martuccia liep langs de balie door naar de trappen. Toen hij de lift passeerde, zag hij dat deze op de derde verdieping stond. Hij wist niet wat zich op de derde etage afspeelde. Om geen aandacht te trekken namen ze allebei de trap. Op een drafje liep hij door naar het trappenhuis. Terwijl hij op de derde tree spong, hoopte hij maar dat Esposito de situatie onder controle had.

Tardelli riep intussen versterking op en vroeg om een ambulance. Toen Martuccia de tweede verdieping bereikte minderde hij vaart. Halverwege de derde trap trok hij zijn pistool uit de holster. Wat hem stond te wachten wist hij nog niet. Wel dat hij er klaar voor was. Toen stuitte hij op het bedekte lichaam van Esposito.

43

Er werd op de deur geklopt. Petra reageerde als eerste. 'We mogen alleen voor de politie opendoen.'
Hans zat rechtop in bed en keek naar de deur. Niels sliep. Het geklop was aan hem voorbijgegaan.
Op zich was het opmerkelijk dat Niels zonder problemen was gaan slapen. Hij had vandaag namelijk nogal wat voor zijn kiezen gehad. Ze waren het eens, morgen zouden ze Martuccia duidelijk maken dat ze zo snel mogelijk terug naar Nederland moesten. Ze hadden gedaan wat ze moesten doen en daar hield het mee op. Langer blijven was voor Niels niet goed. Ze zouden de rest maar per telefoon, e-mail of desnoods via Skype moeten doen.
'Politie, wilt u alstublieft de deur opendoen,' hoorde ze iemand aan de andere kant van de deur in het Engels zeggen.
'Dat zal Martuccia zijn,' zei Hans. Hij stapte uit bed en liep naar de deur. Hij had de stem niet echt herkend als die van de rechercheur, maar de onderlinge afstand en de deur konden de stem danig vervormen.
'Weet je het zeker?' vroeg Petra bezorgd. Hans knikte, opende de deur en trok deze een paar centimeter naar zich toe. Hij nam niet het risico de deur helemaal te openen. Door de kier die hierdoor ontstond, zag hij iemand staan. De man droeg een wat ouderwets kostuum en hield in zijn rechterhand een legitimatiebewijs omhoog. Door de hoed en de bril kon hij het gezicht niet helemaal goed zien. De rechercheur hield zijn linkerhand in zijn broekzak, zodat zijn colbert aan die kant enigszins opbolde,

waardoor zijn schouderholster met daarin een pistool zichtbaar voor hem was.
'Het is de politie,' zei Hans tegen Petra. Hij twijfelde wel even. Had hij deze man nou eerder gezien? In elk geval niet op het politiebureau.
'Ik kom mijn collega hierboven aflossen en wilde me even voorstellen.'
'Maar er is net aflossing geweest.'
'Dat klopt, maar mijn collega hierboven werd weggeroepen voor een dringende andere klus. Mijn naam is Salvo Costello.' Salvatore stak zijn hand uit.
Hans begreep niet waarom Bernardo Esposito zich dan niet bij hen had afgemeld, maar opende de deur wat verder om de man de hand te schudden. Pas toen vielen de handschoenen hem op. Waarom had de man binnen nog handschoenen aan?
Salvatore greep zijn hand en trok hem naar zich toe. Toen duwde hij met zijn hele gewicht Hans naar achteren en liet los. Hans viel de kamer in.
Zonder enige twijfel stapte Salvatore de kamer binnen en schopte de deur achter zich dicht. De vader die hem zoveel problemen in de straten van Peschiera had bezorgd, was met zijn hoofd tegen de muur geknald en lag versuft op de grond. Hij kreunde en kwam langzaam met zijn bovenlichaam overeind.
Hans voelde een dreunende hoofdpijn. Hij legde zijn hand op zijn achterhoofd en voelde iets warms en nats.
Salvatore ging naast hem staan. Hij stopte met een snelle beweging het vervalste legitimatiebewijs in de binnenzak van zijn colbert en trok zijn pistool uit de holster.
Niels was door de klap wakker geschrokken. Toen hij omhoogkwam, legde Petra direct een arm om hem heen. Ze voelde hem verstijven.
'Dat is hem!'

Salvatore richtte de loop van het pistool op Niels en Petra. 'Stil!' siste hij in het Engels.
'Wat... wat is hier... aan de hand?' stamelde Hans. Hij deed een poging op te staan.
Salvatore richtte nu het pistool op Hans die langzaam omhoogkwam.
'*Quiet! Go to the bed*,' beval Patronello. Hans keek recht in de loop van het pistool en schoof rustig achteruit om op het bed te gaan zitten. Salvatore maakte zich nu vooral zorgen om de vrouw. Een moeder zou haar leven geven voor haar kind.
Hij hield daarom het pistool op moeder en zoon gericht en keek de vader waarschuwend aan. De man moest begrijpen dat een onbezonnen actie van zijn kant onherroepelijk zou leiden tot de dood van zijn vrouw en kind. Hij moest de man in de gaten blijven houden, maar verwachtte niet dat hij domme dingen ging doen. Hij pakte het vlijmscherpe mes uit zijn colbert en stopte daarna het pistool in de holster.
Hans begreep inmiddels wie de man was en wat hij hier kwam doen. Als hij geen actie ondernam, zou hij hen vermoorden. Alle drie, want ditmaal zou hij geen getuigen achterlaten. Waarom stopte hij dan het pistool weg? Een schot was toch het eenvoudigst en effectiefst?
Toen hij het mes in de hand van de man zag, drong het tot hem door. Pistoolschoten maakten te veel herrie. Daarmee trok hij aandacht, wat hij juist wilde voorkomen. Hij had het alleen gebruikt om hen te intimideren, maar zou het mes gebruiken om hen te doden. Hans was weliswaar lichtgewond, maar iemand met een mes was te overmeesteren, juist omdat de ander dichtbij moest komen om hem te raken. Daar moest hij het voordeel van inzien, dat moest hij zien te gebruiken.
Hij kwam overeind. Omdat hij zo snel opstond, duizelde het even in zijn hoofd, maar hij moest snel zijn om de man te overrompelen.

Het mes in de hand van de moordenaar boezemde hem geen vrees in. Het leven van zijn gezin stond op het spel. Na vanavond zou deze schoft wensen dat hij nooit was geboren.
Salvatore had geen rekening gehouden met het snelle herstel en de vastberadenheid van de man. Hij zag de man omhoogkomen en raakte geïrriteerd dat hij de situatie niet helemaal onder controle had. Hij haalde uit toen de man dichtbij genoeg was en sneed de idioot in zijn rechterschouder.
De wond bezorgde Hans zoveel pijn dat hij naar zijn schouder greep en instinctief ineenkromp. Hij probeerde door de pijn heen te bijten en niet door zijn knieën te zakken. Toch wankelde hij en deinsde terug van de moordenaar die nu dreigend op hem afkwam.
'Papa!' gilde Niels panisch. 'Papa, ren weg!'
De stem van zijn zoon werkte als doping. Hij haalde diep adem, verbeet de pijn en keek zijn belager uitdagend aan.
Salvatore zwaaide met het mes zodat Hans niet dicht bij hem kon komen. Toen hij toch een poging waagde, schopte Salvatore hem onverwacht in zijn buik. Nu hield hij het niet meer en zeeg door zijn knieën. Zijn tegenstander had vrij spel.
Bij Petra knapte er iets. Ze pakte de schemerlamp die op de tafel naast haar bed stond, rukte in dezelfde beweging de stekker uit het stopcontact en gooide de lamp met alle kracht en woede die ze in zich had naar het hoofd van de man die op het punt stond haar echtgenoot te vermoorden.
Salvatore kreeg de lamp hard tegen zijn hoofd. Hij slaakte een kreet, stapte opzij en zocht met zijn schouder steun tegen de muur.
Hans putte nieuwe kracht uit de snelle actie van Petra. Hij stond op, negeerde de pijn in zijn buik, hoofd en schouder en haalde uit naar zijn belager. Hij miste zijn hoofd, maar raakte hem vol op zijn borstbeen, waardoor de Italiaan het idee kreeg dat de lucht uit zijn longen werd geperst. Zwaar hijgend stapte hij opzij en probeerde weer op adem te komen.

Hans gaf hem er nauwelijks de kans toe. Hij greep Salvatore vast en in een gewelddadige omhelzing wankelden ze enkele meters naar achteren om ten slotte in het gordijn te belanden.
Salvatore had nauwelijks meer controle over de situatie en geen zicht op zijn wapen. Het mes sneed door het gordijn, maar omdat hij het zo stevig vasthield, verloor hij zijn evenwicht. In een poging zijn balans terug te vinden, draaide hij een kwartslag en greep met zijn vrije hand het gordijn. Toen hij er met zijn volle gewicht aan hing, kwam de gordijnrail naar beneden. Hans stapte net op tijd naar achteren, maar Salvatore werd bedekt onder een deken van bordeauxrode stof.
Terwijl de Italiaan met het gordijn worstelde, bedacht Hans zich geen moment en schopte meteen. De man slaakte een kreet.
'Dit is voor de jongens die je hebt vermoord, vuilak.' Hij trapte nogmaals in de berg gordijnstof.
Petra zag dat Hans begon door te draaien en wilde ingrijpen. Dit was hun kans om de moordenaar te overmeesteren, maar dat moest wel met de nodige beheersing gebeuren. Als ze door blinde razernij hun hoofd zouden verliezen, zou het voor iedereen verkeerd kunnen aflopen.
Voordat ze de kans kreeg Hans te kalmeren en aan te geven dat ze hem samen moesten aanpakken, kwam de berg stof tot leven. Salvatore had intussen het gordijn deels van zich af weten te werpen en maakte wilde steekbewegingen met het mes. Hans werd bijna geraakt, maar ontweek het mes op tijd en Petra schrok zo dat ze achteruitdeinsde. Salvatore sloeg het gordijn nu helemaal van zich af en terwijl hij overeind kwam keek hij van Hans naar Petra om te beslissen wie hij het eerst zou aanvallen.
Voordat hij goed en wel stond, vloog de deur met een enorme klap open. Martuccia en Tardelli hadden de deur geforceerd door hem met hun schouders en volle gewicht open te beuken. De deur was direct uit zijn scharnieren geslagen en door de kracht

en snelheid vielen ze struikelend de kamer in.
Martuccia krabbelde als eerste op. Vier mensen keken verbijsterd naar hem en Tardelli. De jongen en de moeder stonden redelijk veilig, maar de vader stond in zijn vuurlijn en bovendien te dicht bij de man met het mes. Hij richtte de loop van zijn pistool op de moordenaar die hem als versteend bleef aankijken.
'Blijf staan,' sprak hij in het Italiaans terwijl hij Salvatore strak aankeek. 'Jullie gaan nu liggen,' voegde hij er in het Engels aan toe en hij liet snel zijn blik door de kamer glijden om aan te geven dat zijn woorden enkel voor de Nederlanders bedoeld waren.
Hans en Petra deden direct wat hun werd opgedragen. Petra stapte naar achteren en ging beschermend voor Niels liggen. Hans hurkte en ging op zijn zij liggen, terwijl hij de man met het mes in de gaten bleef houden.
Salvatore besefte dat het afgelopen was. Hij werd onder schot gehouden door iemand met een echt wapen en de andere rechercheur was ook weer op de been en had eveneens zijn dienstwapen getrokken. Deze mannen zouden hem arresteren waarna zijn leven in een hel ging veranderen. Mensen zoals hij waren in de gevangenis kansloos.
Ik moet hier weg, gonsde het door zijn hoofd. *Alles is beter dan de gevangenis. Er is nog maar één uitweg.*
Hij liet het mes vallen en toonde de rechercheurs zijn lege handen. Hij spande zijn spieren en wachtte op zijn moment. Toen Tardelli de eerste stap in zijn richting zette, aarzelde hij niet. Hij draaide zich om en ging vol overtuiging voor zijn enige uitweg.
'Blijf staan!' Tardelli vuurde een waarschuwingsschot af in de lucht. 'Blijf staan!'
Salvatore liet zich er niet door weerhouden en had wild het raam opengeschoven. Precies op het moment dat hij wilde springen, vuurde Martuccia zijn wapen af. Toen de kogel hem raakte leek hij even te verstijven, maar door de kracht van het schot tuimelde hij

nog meer naar voren en viel naar beneden. Martuccia en Tardelli vlogen naar het raam.
Beneden op de stoep lag het monster van Garda. Dood.
'Niet kijken,' zei Martuccia tegen Petra die samen met Niels naar het raam wilde lopen. Hij reageerde verbaasd toen de Nederlandse haar zoon bij zijn hand pakte en toch naar hem toe kwam. Hij draaide zich om keek haar streng aan. 'Niet kijken,' sprak hij nogmaals. Ditmaal dwingend.
Zijn optreden maakte geen indruk op Petra. 'Wel kijken,' antwoordde ze kil. 'Anders weten we nooit of het voorgoed voorbij is.'

44

Juni

'Dit lijkt me wel wat,' zei Hans. Hij zat samen met Petra aan de salontafel op haar laptop vakantiebestemmingen te bekijken. Na een snelle zoektocht door Europa waren ze bij het Caribisch gebied aangekomen. Voor hen op het scherm waren de aantrekkelijke beelden van Curaçao te zien.
'Zon, zee, palmbomen, alle watersporten die je maar kunt bedenken,' ging Hans enthousiast verder. 'Dat is vast en zeker onweerstaanbaar voor iemand van zijn leeftijd.'
'Ik moet het nog zien. Het lijkt mij eerder onweerstaanbaar voor de vader van een kind van die leeftijd.'
'Heel grappig... maar denk je dat echt? Ik bedoel dat Niels het niet ziet zitten?'
Petra knikte traag. Ze had zo haar vermoedens, wat niet inhield dat die ook terecht waren. Als Hans dit paradijselijke plaatje aan Niels wilde laten zien, dan vond ze dat prima. Zonder er verder met Hans op door te gaan, was ze best benieuwd naar de reactie van hun zoon.
Hans begon te twijfelen. 'Het doet inderdaad wel denken aan de vakanties die we voor Italië hadden. Zon, zee, schitterende hotels en bungalows... Misschien moeten we het ook niet doen. Ik wil geen risico nemen, we gaan de laatste weken zo goed.'
Hij deed een poging de pagina weg te klikken, wat Petra verhinderde. 'Niet zo overdrijven,' zei ze gedecideerd. 'Van een plaatje uit de Cariben raakt hij heus niet van streek. Mocht dat wel zo zijn, dan is dat het bewijs dat we nog lang niet zover zijn als we denken en hopen.'

Hans trok zijn hand terug. 'Je hebt gelijk,' mompelde hij.
Na die afschuwelijke avond op de hotelkamer waren ze na opnieuw een verklaring afgelegd te hebben en aan een reconstructie te hebben meegewerkt teruggevlogen naar Nederland. Hoewel de beschermende reactie van Martuccia begrijpelijker was geweest dan de beslissing van Petra om Niels wel naar het lijk van de kindermoordenaar te laten kijken, bleek het Niels goed te doen. Natuurlijk zou hij nog last hebben van alles wat er gebeurd was, maar het feit dat hij hem dood gezien had, zou belangrijk zijn voor zijn verwerkingsproces. Hij zou nooit meer bang hoeven te zijn dat de moordenaar toch nog weg was gekomen. Hij was opgelucht. De dood was iets definitiefs. De vreselijke man kon hem of iemand anders nooit meer kwaad doen. Natuurlijk wisten ze niet hoe dit op langere termijn zou uitpakken. Irene was wat sceptisch geweest toen ze erachter kwam dat Petra het zo had aangepakt, maar ze kwam er door met Niels te praten achter dat Niels het zelf ook gewild had.
De dagen na hun thuiskomst hadden de media contact met hen gezocht. Ditmaal hadden ze voor een andere tactiek gekozen. De openheid zou ook bij de verwerking kunnen helpen. Met een woordvoerder aan hun zijde bepaalden ze vooraf wie ze te woord wilden staan. Het verhaal van de familie uit Baarn, die intensief had meegewerkt aan de ontmaskering van een kindermoordenaar, verbleekte langzaam bij het wereldnieuws. Na een maand konden ze hun oude leven weer oppakken en na al die tijd snakten ze ook wel weer naar wat rust.
'Ik ga Niels halen,' zei Hans.
'Prima, dan laat ik deze pagina gewoon openstaan.'
Even later kwam Hans terug met Niels.
'Niels, de grote vakantie staat voor de deur en wij dachten dat het misschien wel een goed idee was om een beetje op internet rond te kijken.' Hij wees naar de laptop van Petra. 'We zochten bij de Cariben en opeens kwamen deze foto's voorbij. Dit is Curaçao, een

tropisch eiland waar je bijna elke watersport kunt doen die je maar kunt bedenken.' Hij gebaarde naar het scherm om zijn zoon aan te moedigen naar de beelden te kijken van dit paradijs op aarde.
Niels ging naast Petra staan en keek naar de zomerse plaatjes.
'Hier willen jullie in de zomervakantie naartoe?' wilde hij weten.
'Het is een mogelijkheid,' antwoordde Petra. 'We moeten het allemaal over de vakantie eens zijn. Het lijkt mij trouwens best wel leuk.'
Niels schudde met zijn hoofd. 'Mij niet,' zei hij beslist.
'Hoezo niet?' vroeg Hans.
'Omdat ik andere dingen wil gaan doen. Er is een zomertraining van karate en Jerry heeft twee toernooien en ik mag met de bus mee. Dat heeft hij met de leider van zijn elftal geregeld. En wij, Jerry en ik, gaan deze vakantie ook veel vissen. Op snoek en grote baars!'
Er viel een stilte. Jerry Tenvoorde was begin dit jaar van Amsterdam naar Baarn verhuisd en zat bij Niels in de klas. Vanaf de eerste week dat Jerry op school kwam, was hij het populairste jongetje van de klas. Hij was een groot voetbaltalent, en stond volgens eigen zeggen op het lijstje van de scouts van veel betaalde voetbalclubs. Tot het moment dat zij hem wegplukten, voetbalde hij bij de plaatselijke club en was daar wekelijks de uitblinker in zijn team.
De eerste maanden dat Jerry bij hem in de klas zat, had Niels nauwelijks contact met de nieuwkomer die zich snel tot de 'held' van de school opwerkte. Een positie die hij nu met Niels moest delen, toen het verhaal uit Italië en de rol van Niels daarin ook in de klas bekend werd. In tegenstelling tot de extraverte Jerry, sprak Niels nauwelijks over zijn belevenissen, waarmee hij zich onbedoeld nog populairder bij zijn klasgenootjes maakte. Toch trokken hij en Jerry naar elkaar toe en waren nu elkaars beste vrienden.
'Maar we hebben het nog niet over die trainingsweek gehad. En jij zegt dus ook dat Jerry voetbaltoernooien heeft en jullie hebben plannen gemaakt om te gaan vissen,' sprak Hans op een toon die

hij nadat hij was uitgesproken te bedenkelijk vond. 'Wat ik heus wel begrijp, hoor,' probeerde hij nog te corrigeren. 'Maar wij hebben natuurlijk ook nog zoiets als een vakantie met het gezin.' Hij keek Niels aan en glimlachte goedmoedig. 'Toch?'
Niels haalde zijn schouders op. 'Ja, dat begrijp ik wel. Maar dit jaar wil ik gewoon niet naar het buitenland. Daar heb ik geen zin in.' Het bleef even stil. Toen voegde hij eraan toe: 'Ik wil graag thuis, in Nederland blijven.'
Hans dacht snel na. Er schoot hem iets te binnen. 'Snoek en grote baars, hè?' Hij glimlachte minzaam. 'Heb je weleens van forel gehoord? In Nederland is forel de beste vechtvis. Als je die aan je hengel krijgt, moet je er echt iets voor doen om hem binnen te halen. Soms springen ze uit het water om los te komen van de lijn!' Hij zette zijn woorden kracht bij door een visser na te doen die flink aan een hengel moest trekken. 'Ik ken twee forellenvijvers die hier redelijk dicht in de buurt liggen. Wat dacht je ervan als wij met zijn drietjes, of viertjes als mama mee wil, daar gaan vissen?'
'Dus Jerry mag met ons mee?'
Hans knikte. 'Sterker nog, wij nodigen hem uit. Om in zo'n vijver te vissen moet je entree betalen en dat nemen wij voor onze rekening. Het kan gebeuren dat we niets vangen. In dat geval kopen we verse forel bij de winkel die naast de vijver ligt en die leggen we 's avonds op de barbecue. Forel is namelijk een van de smakelijkste vissen, een delicatesse.' Hij grijnsde breed. 'Maar we gaan er natuurlijk wel van uit dat we een paar van die kanjers vangen.'
Niels knikte. 'Dat lijkt me wel leuk.'
'Wel leuk?!' reageerde Hans zogenaamd verbaasd. 'Dat worden geweldige dagen, man. Lekker vissen en een barbecue! Toch, Petra?' vroeg Hans met een quasi-schuldig gezicht.
'Als jullie dat leuk vinden, dan doe ik mee.'
'Dus we gaan ervoor?'
'Ja,' antwoordde Niels. 'Tof dat Jerry mee mag.' Hij wurmde zich

uit de omhelzing van zijn vader en liep naar de deur. 'Ik ga mijn spelletje afmaken, oké?'
'Is goed,' zei Petra.
Toen Niels weer op zijn kamer zat, keek Petra met een scheve grijns naar Hans. 'Je draafde weer ouderwets door.'
Hans haalde zijn schouders op en lachte met haar mee. 'Al moet ik in mijn blote kont door Baarn lopen. Als ik hem daarmee gelukkig maak, dan doe ik dat. Sterker nog, ik loop net zo makkelijk naar Amersfoort heen en terug!'
Petra kreeg het beeld van een naakte Hans die over straat liep op haar netvlies en schudde lachend haar hoofd. 'Je doet je best, maar probeer toch je kont... euh... ik bedoel je kop erbij te houden.'

45

Juli

Martuccia keek vanuit het luxe kantoor van hoofdcommissaris Orlando Tissone naar de gang waar zich een klein legertje rechercheurs had verzameld. De mannen en enkele vrouwen wachtten op de binnenkomst van officier van justitie Paolo Fabiano en Giorgio Dossena van het door iedereen gehate Interne Zaken. Het tweetal kon nu elk moment arriveren en de politiemacht in de gang was er klaar voor om ze een ijskoud welkom te heten.
De aanleiding van deze commotie was het onderzoek dat Interne Zaken naar Martuccia had aangekondigd. Volgens hen bestond de mogelijkheid dat er op de hotelkamer sprake was geweest van onzorgvuldig politieoptreden; hij zou te gericht en te snel op de man hebben geschoten. Hij had hem nog een kans moeten geven om zich over te geven. Het ministerie van Justitie steunde het onderzoek van Interne Zaken, dat onder de nationale recherche viel. Toen het nieuws van een eventuele vervolging onder de collega's van Martuccia bekend werd, besloten ze dit nieuws te lekken. Allemaal hadden ze bronnen bij de media en het nieuws dat het ministerie van Justitie zijn steun gaf aan het onderzoek naar een ware volksheld, lag snel op straat.
De reactie van het publiek was voorspelbaar. De collectieve verontwaardiging was groot. Hoe justitie het in haar hoofd haalde de rechercheur te vervolgen die hen van 'Het monster' had verlost, was iedereen een groot raadsel. Dat moest haast wel een smerig politiek spelletje zijn. Het zoveelste, een schande was het! Ditmaal liet men het niet gelaten over zich heen komen. Er kwamen beto-

gingen in de grote steden en bij officier van justitie Paolo Fabiano werden de ruiten van zijn huis ingegooid. Gelukkig vielen er bij die actie geen gewonden.

'Ik hoop dat ze zich rustig houden,' zei Martuccia.

'Komt goed,' antwoordde hoofdcommissaris Orlando Tissone. Hij was een gezette man die tegen de zestig liep en in zijn carrière bij de politie het nodige had meegemaakt. Van wat heisa in het politiebureau was hij niet snel onder de indruk. 'Die jongens blazen straks stoom af en daarna gaat iedereen gewoon weer aan het werk,' sprak hij met een natuurlijke vanzelfsprekendheid. Zo zou het gaan en niet anders. 'Er komt geen zaak, Carlo,' ging hij op de toon verder van een wijze oom die zijn neef van goede raad voorziet. 'Dit is aangezwengeld door een of andere pennenlikker die ervan overtuigd was een gouden idee te hebben.' Hij glimlachte meewarig.

'Ik hoop het,' zei Martuccia. Na de dood van Salvatore Patronello, nota bene een ICT-medewerker in dienst van de gemeente Verona die op het stadhuis vrij toegang had gehad tot de computers, wat verklaarde hoe deze zieke geest aan bepaalde informatie was gekomen, had Martuccia veel in de publiciteit gestaan. In het begin vond hij het wel leuk, het streelde toch zijn ego. De aandacht nam echter zulke vormen aan dat die naast zijn werk ook zijn privéleven beïnvloedde. Het kwam te dichtbij. Op straat werd hij door vreemden aangesproken en gefeliciteerd. Ook Ciara werd herkend, iets wat haar na verloop van tijd de keel begon uit te hangen.

Toen meldde Giorgio Dossena zich. Hij zei het niet met zoveel woorden, maar het kwam erop neer dat Interne Zaken hem eerder als een moordenaar dan een volksheld zag. Het was een klap in zijn gezicht geweest.

Opeens ontstond er rumoer in de gang. Martuccia moest zich beheersen om niet op te staan en te gaan kijken wat er precies aan de hand was.

'Ah, je vrienden zijn gearriveerd.'
Officier van justitie Paolo Fabiano en Giorgio Dossena van Interne Zaken leken niet onder de indruk van het massale ontvangstcomité van de kritische politieafdeling. Ze keken strak voor zich uit alsof de rechercheurs er niet waren en gingen recht op hun bestemming af, de kamer van Tissone. Fabiano was eind veertig, voor een Italiaan vrij lang en had een slank figuur. Hij droeg een onberispelijk grijs kostuum met bijpassende stropdas en een bril met modern montuur. Ook zijn attachékoffer was van kwaliteit. Dossena oogde als zijn tegenpool. Hij was begin dertig, neigde naar corpulentie en droeg een spijkerbroek met een donker colbert.
Roberto Parolo was de eerste die voor het tweetal ging staan. Fabiano en Dossena negeerden de provocatie van de gespierde rechercheur en liepen om hem heen.
Antonio Ranocchia was de volgende die hen de weg probeerde te versperren. 'Weet je wat de overeenkomst is tussen vlooien en werknemers van Interne Zaken, Dossena?' vroeg hij op luide toon. De twee mannen negeerden ook hem en toen ze hem passeerden verhief Ranocchia zijn stem nog meer. 'Het zijn allemaal luizen in de pels!'
Zijn collega's barstten massaal in lachen uit.
'Dat is een goeie, Antonio,' schreeuwde iemand ergens vanuit de groep.
De ervaren Luca Mandelli liep nu met Paolo Fabiano mee. In tegenstelling tot de twee overige provocateurs negeerde de officier van justitie deze op leeftijd zijnde rechercheur niet. 'Ook gij, Brutus?' vroeg hij op gedempte toon zodat slechts Mandelli hem kon horen. 'Kom jij voor de ogen van het gepeupel een oude vriend een mes in de rug steken?'
'Als jij Martuccia vervolgt, is onze vriendschap over, Paolo. Dan zijn Bianchi en Esposito voor niets gestorven.'
'Als jij dat zo wilt,' antwoordde Fabiano terwijl hij bleef doorlopen.

Mandelli schudde slechts teleurgesteld met zijn hoofd. Het zag ernaar uit dat hij nu helemaal klaar was met Fabiano.
Toen het tweetal de deur van de hoofdcommissaris bereikte, stapte Filippo Tardelli uit de rij van wachtende rechercheurs. Zonder enige omhaal maakte hij zijn punt. 'Deze onzin moet vandaag stoppen,' sprak hij gedecideerd. 'Gaan jullie door, dan verzeker ik jullie dat wij er massaal mee kappen. Dan krijgt het schorem vrij spel in de straten van Verona en omstreken.'
'Zo is het maar net!' schreeuwde iemand. 'Als jullie Carlo laten hangen, stoppen wij ermee.'
Vlak voordat Fabiano hem passeerde en recht op de deur afging, knikte hij naar Tardelli. 'Staat genoteerd,' sprak de officier van justitie op cynische toon en hij trad samen met Giorgio Dossena het kantoor binnen.
Onder het oog van een tiental nieuwsgierige rechercheurs die vanaf de gang door de ruit in het kantoor keken werden er handen geschud. Fabiano en Dossena namen plaats tegenover Martuccia en hoofdcommissaris Tissone.
Fabiano zette de attachékoffer naast zich neer en bleef net zo stoïcijns kijken als hij tijdens de wandeling door de gang had gedaan. Even later nam hij het woord. 'Na bestudering van het dossier-Martuccia heeft het ministerie van Justitie na uitvoerig beraad besloten om niet tot vervolging over te gaan.' Na deze woorden stond hij op, werden er weer handen geschud en liep hij naar de deur.
Dossena aarzelde en bleef voor Martuccia staan. 'Dit was niet persoonlijk, Carlo. Ik deed mijn werk, niets meer of minder.'
Martuccia knikte slechts. Hij vond het vreemd dat de woorden van Dossena hem best wat deden, maar wilde dit niet laten merken. Hij bleef zitten tot de twee uit zijn gezichtsveld waren, stond op en liep naar de gang waar zijn solidaire collega's hem opwachtten. Toen hij daar verscheen en zijn duim opstak, klonk er een oorverdovend gejuich.

46

Augustus

Het haakje en de dobber van Hans kwamen tien meter van de kant met een harde plof op het water terecht. 'Dat is een goede worp,' zei hij tevreden.

Niels en Jerry keken toe hoe hij vervolgens visles gaf.

'Nu goed opletten, jongens. De truc is dat je de lijn in hetzelfde tempo binnenhaalt. Tussendoor geef je kleine rukjes met de top van je hengel. Forel is namelijk een roofvis, daarom mag je in deze vijver niet met kunstaas vissen. De glinstering en de beweging van kunstaas zijn onweerstaanbaar voor forellen. Daar zouden ze meteen in bijten en dan is er natuurlijk geen lol meer aan. Door de haak met daaraan de worm te bewegen wekken we het jachtinstinct van de forel.'

Vanaf haar klapstoel bekeek Petra het tafereel met een glimlach rond haar lippen. Hoewel Hans zich tegenover de jongens presenteerde als een heuse expert, was hij absoluut geen visser. Het meeste wat hij zei over het vissen op forel had hij op internet gelezen. Hij wilde van deze dag iets speciaals maken, de jongens veel plezier laten beleven. Daarom had hij zich ingelezen en hoopte hij dat theorie en praktijk in dit geval niet te ver uit elkaar lagen.

Een kwartier later kreeg Jerry beet. 'Ja!' schreeuwde hij enthousiast. 'Ik heb er eentje!' Hij gaf een harde ruk aan de hengel waarvan de top kromde. Voordat iemand kon reageren, hing de lijn alweer slap.

'Ah, jammer joh,' zei Hans spijtig. 'Maar je moet zachtjes aanslaan, anders ram je de haak juist uit de bek van de vis in plaats van erin. Beetje bij beetje trekken, weet je nog?'

Jerry vloekte binnensmonds en haalde zijn lijn in. Hij had zijn eerste forel verspeeld en had hierover goed de pest in.
Hans probeerde hem op te beuren. 'Jij hebt in elk geval beetgehad. Je kunt erop rekenen dat de volgende forel op de loer ligt. Blijf dus geconcentreerd.'
De top van de hengel van Niels boog nu ook door. 'Beet!' riep hij. Hans legde direct zijn hengel op de grond en liep naar hem toe. 'Rustig blijven draaien, geen onverwachte bewegingen met je hengel maken.' Hij draaide zijn hoofd een kwartslag en riep naar Jerry: 'Pak jij het schepnet, Jerry. Dan gaan we deze vis eens keurig landen.'
Landen, dacht Petra. Dat leek haar typisch zo'n woord uit de vissport dat hij van internet had opgepikt. Ze legde haar boek weg en zag hoe Niels en Jerry de klus klaarden.
Ze sloeg Niels gade. Hij was blij. Weer een vrolijk kind. Waar ze zo voor hadden gevreesd, was uitgebleven. Hij had geen terugslag gekregen. Af en toe, meestal 's nachts, zag hij beelden voor zich van die avond in de hotelkamer. Dan was hij even angstig, maar keerde toch weer terug naar bed. 'Hij is dood en komt nooit meer terug,' zei hij dan tegen hen, maar eigenlijk tegen zichzelf.
Om halfvijf liep Hans naar haar toe. 'Wat dacht je ervan?'
Petra knikte. 'Ja, het is wel mooi geweest. We moeten het eten nog voorbereiden en maken.'
Hans liep terug naar de rand van de vijver waar de jongens nog steeds fanatiek aan het vissen waren. Hij klapte in zijn handen. 'We stoppen ermee, heren. Het wordt al laat en de buit is binnen.'
De jongens protesteerden. 'Kunnen we nog even, pap? We hebben pas acht forellen!'
'Pas acht forellen?' antwoordde Hans in zogenaamd oprechte verbazing. 'Je bedoelt, we hebben ál acht forellen. Dat is twee per persoon. En forel is een machtige vis, daarvan zit je snel vol.'
'Ik lust er wel vier,' sputterde Niels tegen.

'In je dromen,' pareerde Hans. 'Trouwens, we moeten die beesten ook nog schoonmaken en bakken. Weet je wel hoeveel werk dat is?'
'Ik neem aan dat de heren er ook patat bij willen?' vroeg Petra. Er klonk een instemmend gejoel.
Op weg naar de ingang waar ze bij de receptie hun vistuig weer moesten inleveren, droegen de jongens samen het leefnet met daarin de acht forellen. Ze hadden er allebei drie gevangen, wat Hans tot de verliezer van de dag maakte.
'Kijk nou,' zei Niels. Hij wees met de punt van zijn hengel naar een reeks vlaggetjes die aan een lijn voor de ingang van de receptie hingen. 'Daar ontbreekt er ook eentje. Zou het soms Brazilië zijn?'
Petra en Hans verstijfden een beetje, maar deden zo nonchalant mogelijk. 'Bij een forellenvijver?' vroeg Hans op achteloze toon. 'Ik weet niet of ze in Brazilië ook op forel vissen. Hoezo, eigenlijk?'
'Zomaar,' antwoordde Niels ontspannen. 'Ik zag dat er iets ontbrak, net zoals in die doos omdat ik toen dat poppetje van Brazilië weg wilde hebben. Waar is die doos eigenlijk gebleven?'
Hans maakte een gebaar waaruit bleek dat hij geen flauw idee had. In werkelijkheid wist hij precies waar de doos lag. 'Volgens mij ergens op zolder. Maar ik weet het niet zeker.'
'We kijken wel als we weer thuis zijn,' ging Niels op dezelfde toon verder.
'Wat wil je dan met die doos?' vroeg Petra. 'Op je kamer zetten?'
Niels keek haar verbaasd aan. 'Nee, joh. Dat is voor kinderen van de lagere school, ik ga naar de brugklas. Ik wil het op internet zetten. Maar dan moet het wel compleet zijn, anders krijg ik er veel minder voor.'
'Ik weet wel een paar voetbalsites,' zei Jerry. 'Daar raak je die dingen makkelijk kwijt.'
Niels glimlachte tevreden. 'Extra geld,' zei hij verwachtingsvol.
'Ah, de zakenman spreekt,' lachte Hans. 'Wat wil je eigenlijk met dat geld doen?'

'Mijn eigen visspullen kopen, natuurlijk,' antwoordde Niels alsof hij het de normaalste zaak van de wereld vond. 'Huurhengels zijn allemaal gebruikte ouwe dingen. Dat schiet niet op. Als ik vandaag met mijn eigen spullen had gevist, had ik er minstens tien gevangen!' Hij liet de top van zijn hengel weer naar beneden wijzen en liep samen met Jerry naar de ingang van de receptie. 'Laten we gaan, ik heb honger.'

Hans stak zijn hand op. 'We komen eraan.'

Niels bleef doorlopen en draaide zijn hoofd een kwartslag. 'Jullie mogen best nog wel even blijven, hoor.'

Hans keek hem verbaasd aan. 'Wat bedoel je daar nu weer mee?'

'Nou, terwijl wij vast onze spullen inleveren, kun jij nog even oefenen. Misschien dat je dan ooit net zoveel vis leert vangen als wij.' Hij legde zijn hoofd in zijn nek en schaterde het uit om zijn eigen grap.

Dankwoord

Redacteur Juliette van Wersch heeft veel energie en werk in het tot stand komen van dit boek gestopt. Mijn dank is groot.

Suzanne Vermeer

Jeroen zat op zijn knieën aan de rand van de kunstmatige Nijl. Zijn ogen waren tweemaal zo groot als normaal en uit zijn blik sprak volledige wanhoop. Met zijn vingers trok hij als een waanzinnige aan zijn haren. Zijn asgrauwe gezicht behoorde toe aan een man die per vergissing een enkele reis naar de hel had genomen en zich realiseerde dat zijn leven voorbij was.
Naast hem bogen vier medewerkers van het hotel zich beurtelings over twee levenloze kinderen.

ISBN 978 90 229 9607 2

Suzanne Vermeer
All-inclusive

Jeroen en Chantal van der Schaaf hebben met hun tweeling een all-inclusive vakantie naar Turkije geboekt: een compleet pakket van vlucht, verblijf, eten, drank en amusement. Maar dan slaat het noodlot toe. Jeroen, die heeft beloofd op de kinderen te letten, valt in slaap en in die tijd verdrinken de tienjarige Max en Dennis in het zwembad.

Het leven dat Jeroen en Chantal tot dat moment had toegelachen, verandert in een nachtmerrie. Dan krijgt Chantal uit betrouwbare bron te horen dat de dood van Max en Dennis vermoedelijk geen incident was. Langzaam maar zeker komt ze erachter welke schokkende praktijken de grote hotelketens hanteren om het all-inclusive systeem tot een succes te maken…

'Een van de grootste bestsellers op Schiphol van het afgelopen jaar.' – AKO SCHIPHOL

'Het boek leest als een trein.' – CHICKLIT.NL

Ze zag hoe hij op de richel sprong. Heel voorzichtig liep hij in haar richting. Ze dwong zichzelf onbeweeglijk te blijven zitten. Linkerknie gebogen, de rechter op de grond. Als een sprinter die op het startschot wachtte. In het vale licht zouden haar contouren het meest lijken op die van een gebroken vrouw. Steunend op één knie, wachtend op de genadeklap. Totale overgave. Toen hij haar tot op minder dan drie meter was genaderd, haalde ze diep adem en spande haar spieren.

ISBN 978 90 229 9608 9

Suzanne Vermeer

De vlucht

Dagmar Vredeling heeft het prima voor elkaar. Ze werkt met plezier als stewardess en woont al twee jaar samen met haar vriend Ruben. Dat verandert allemaal op slag wanneer ze erachter komt dat Ruben vreemdgaat. En dat verraad is pas het begin. In de daaropvolgende weken verspreidt Ruben allerlei leugens over haar. Vrienden laten haar als een baksteen vallen en haar werkgever ontvangt ernstige klachten van collega's en passagiers.

Dan krijgt Dagmar een schokkend telefoontje uit Mallorca. Haar vriendin Marianne, die daar als reisleidster werkt, is vermoord. Vastberaden om zich niet bij alle tegenslagen in haar leven neer te leggen, neemt Dagmar een besluit. Ze zal de waarheid over de dood van haar vriendin achterhalen en reist af naar het vakantie-eiland. Daar komt ze terecht in een criminele wereld van schone schijn, veel geld en grote belangen…

'**** *De laatste bladzijden zijn zo spannend, dat je bijna vergeet adem te halen.'* – VIVA

Het bloed was uit Isabels gezicht getrokken. Haar pupillen waren groot. Ze keek alsof ze een aanstormende trein zag en geen kant op kon. Haar mond stond iets open, woorden leken in haar keel te blijven steken. Met verstikte stem zei ze: 'We komen eraan.' Daarna legde ze de hoorn op de haak. Haar ogen waren vochtig, haar blik angstig. 'Bibi wordt vermist.'

ISBN 978 90 229 9522 8

Suzanne Vermeer

Zomertijd

Koen en Isabel hebben allebei een zeer verantwoordelijke en drukke baan. Wanneer de schoolvakantie aanbreekt, komen ze in de problemen. Hun dochtertje Bibi zou, voordat ze zelf met vakantie gaan, een week bij opa en oma logeren. Maar Isabels vader krijgt een hartinfarct en moet in het ziekenhuis worden opgenomen.
Naast de zorgen die ze om zijn gezondheid hebben, moeten ze opvang voor Bibi zien te regelen. Op aanraden van een collega van Koen brengen ze haar naar een zomerkamp.

Elke dag bellen ze met hun dochter om zich gerust te stellen. Totdat ze een telefoontje krijgen dat Bibi is verdwenen... Een grootscheepse zoekactie levert niets op. Dan neemt een vreemde contact op met Isabel. Als ze haar dochter ooit nog terug wil zien, zal ze een hoge persoonlijke prijs moeten betalen.

'Deze thriller vráágt om een verfilming.' – ESTA

'Is er nieuws?' Haar tong struikelde bijna over de woorden.
'Er is nieuws,' sprak de man op een ingehouden toon. 'De zoekoperatie is zojuist beëindigd. Uw man is niet gevonden.'
Ze hoorde hoe hij zijn adem inhield om naar de juiste formulering te zoeken. 'Het spijt me om u dit te moeten mededelen, mevrouw Van Rijnsburg.'
Hij haperde even. 'Uw man is nu officieel vermist.'

ISBN 978 90 229 9479 5

Suzanne Vermeer

Cruise

Heleen en Frank zijn vijftien jaar getrouwd. Kinderen hebben ze nooit gekregen, hoewel Heleen dat graag had gewild. Als touroperator is Frank vaak van huis. Op een dag komt hij onverwacht eerder thuis en verrast hij Heleen met een romantische cruise ter ere van hun jubileum. De reis is geweldig, totdat Frank verdwijnt... Heleen is in alle staten, maar hij wordt niet gevonden. Gebroken keert ze terug naar Nederland. Na een paar moeilijke maanden nemen twee verzekeringsmaatschappijen contact met haar op. Heleen komt erachter dat Frank een dubbelleven leidde en een kant had die ze nooit had verwacht. Dan gaat bij haar de knop om en zet ze alles op alles om achter de waarheid te komen. Dat wordt haar niet in dank afgenomen...

'Met Cruise *bewijst de auteur definitief haar kwaliteiten.'* – EZZULIA.NL

Joyce kwam langzaam bij bewustzijn. Terwijl haar oogleden trilden, schoten talloze onsamenhangende beelden over haar netvlies. Wit licht, een trap, de man met de schokkende schouders, zijn buik, de haarlokken van een vrouw. Ze knipperde met haar ogen en keek verschrikt om zich heen. Binnen enkele seconden was het haar duidelijk waar ze zich bevond.

ISBN 978 90 229 9708 6

Suzanne Vermeer

De suite

Als hotelmanager van een populair hotel op Tenerife heeft alleenstaande moeder Joyce Nieuwpoort geen alledaags leven. Met hard werken heeft ze inmiddels een zeer goede reputatie opgebouwd. Nu Russische toeristen het eiland als perfecte vakantielocatie hebben ontdekt, is het drukker dan ooit. En al heeft ze niet veel qualitytime om met haar tienerzoon Jason door te brengen, ze probeert hem toch zo goed mogelijk op te voeden.

Op een avond moet Joyce overwerken. Onverwachts wordt ze overmeesterd door twee mannen die haar bedwelmen. De volgende dag komt ze bij in een van haar eigen hotelsuites, maar ze kan zich niets herinneren. Dan wordt ze geconfronteerd met een man die haar kan vertellen wat haar overkomen is, en waarom. Ze moet een suite volledig tot zijn beschikking stellen of anders zorgt hij ervoor dat haar leven een hel wordt…

'Suzanne Vermeer trekt je in een beangstigende wereld van bedrog en intimidatie.' – EZZULIA.NL